btb

Buch

Der wilde Räuber mit dem geschwärzten Gesicht verführt die schöne Rosamond. Um die Untat zu rächen, versichert sich ihr Vater der Hilfe eines galanten Beaus aus New Orleans. Doch der Beau und der wilde Räuber sind eine Person. Das Märchen von der schönen Rosamond und dem finstren Räuber endet im mondänen New Orleans mit seinen prachtvollen weißen Herrenhäusern, den beladenen Fregatten im Hafen, den herausgeputzten Damen auf den Promenaden.

Räuber, schöne Farmerstöchter und Indianer hat es am Natchez-Pfad, der alten Handelsstraße des Deltas, immer gegeben; und Geschichten dazu. Viele klingen so unglaublich, wie die von Kleine Harfe, der den Kopf seines Bruders, auf den ein Preis ausgesetzt war, ständig bei sich trug. Es hätte ja sein können, daß er irgendwann in Geldnöte geriet. Eudora Welty mußte für eine Radioserie über die historische Bedeutung des Natchez-Pfades recherchieren und war von dem, was sie an Geschichten fand, fasziniert. Sie machte daraus ihren ersten und sicher ihren schönsten Roman: ein Märchen, denn anders ließen sich diese grellen Figuren aus heroischer Vergangenheit nicht bannen.

Autorin

Eudora Welty wurde 1909 in Jackson, Mississippi, geboren. Dort, im amerikanischen Süden, sind auch ihre zahlreichen Kurzgeschichten und Romane zu Hause. Sie gilt als eine der ganz großen Autorinnen der amerikanischen Südstaatenliteratur.

Bereits bei btb erschienen:

Die Tochter des Optimisten (72497)

Eudora Welty

Der Räuberbräutigam

Aus dem Amerikanischen von Hans J. Schütz

btb

Die Originalausgabe erschien 1942
unter dem Titel »The Robber Bridgeroom«
im Verlag Harcourt Brace, New York

Umwelthinweis:
Alle bedruckten Materialien dieses Taschenbuches
sind chlorfrei und umweltschonend.

btb Taschenbücher erscheinen im Goldmann Verlag,
einem Unternehmen der Verlagsgruppe Bertelsmann

1. Auflage
Genehmigte Taschenbuchausgabe März 2000

Umschlaggestaltung: Design Team München
Umschlagfoto: TIB/South
Satz: IBV Satz- und Datentechnik GmbH, Berlin
RK · Herstellung: Augustin Wiesbeck
Made in Germany
ISBN 3-442-72564-X

FÜR KATHERINE ANNE PORTER

1

Der Tag neigte sich, als ein Boot den Anlegeplatz von Rodney am Mississippi erreichte und Clement Musgrove, ein argloser Pflanzer, mit einem Beutel voll Gold und vielen Geschenken an Land ging. Er hatte die Reise von New Orleans unbeschadet hinter sich gebracht, sein Tabak war für einen guten Preis an die Männer des Königs verkauft worden. In Erwartung seiner Rückkehr hatte er in Rodney ein Pferd im Stall stehenlassen, und er hatte die Absicht, hier die Nacht in einem Gasthaus zu verbringen, weil der Weg nach Hause durch die Wildnis voller Gefahren war.

Als er den Fuß an Land setzte, sank, rot wie Blut, die Sonne in den Fluß, und unversehens erhob sich ein Wind und verhüllte den Himmel mit schwarzen, gelben und grünen Wolken, groß wie Walfische, die über das Antlitz des Mondes zogen. Der Fluß war mit Schaum bedeckt, und an dem Landesteg ritten die Boote auf den Wellen und fielen und bäumten sich abermals auf. Fluß und Steilufer verströmten ein laubgrünes Licht, und vom

Ufer, entlang des Landeplatzes am Fuß des Hügels und steil hinauf zur Stadt, flackerten die roten Fackeln und wehten, wohin der Wind sie trieb. Von dort vernahm man das Brausen und Sausen der prachtvollen Fuhrwerke, die nach Einbruch der Dämmerung durch die Straßen hasteten, das Gebrüll der Männer von den Flachbooten und die Geräusche der Wildnis, die sich im Wind aufrichtete und schwoll und ihren stechenden Atem noch dreister über die schmalen Veranden von Rodney trieb und eine Glocke auf einem der Kirchtürme zum Kippen brachte und das Fort erschütterte und einen Baum über die Rennbahn warf.

Seinen Beutel mit Gold fest in der Hand, begab sich Clement zum ersten Gasthaus, das er unten am Hügel erblickte. Es war hell erleuchtet und erfüllt von Gesang.

Clement trat ein, ging geradewegs zum Wirt und fragte: »Haben Sie ein Bett für die Nacht, in dem ich ungestört schlafen kann bis zum Morgen?«

»Gewiß«, entgegnete der Wirt, der sich einen langen Schnurrbart strich – ein Engländer.

»Aber wo haben Sie Ihr rechtes Ohr gelassen?« sagte Clement und deutete auf die leere Stelle. Wie alle einfältigen Menschen war er stolz, wenn er wenigstens etwas fand, an dem er seinen Scharfsinn erweisen konnte.

Und der Wirt sah sich gezwungen zuzugeben, das er das Ohr in Kentucky gelassen hatte, wo man es zur Strafe für einen Pferdediebstahl, den er begangen hatte, an ein Marktkreuz genagelt hatte.

Clement verließ diesen Ort und ging die Straße hinauf, und der Sturm wurde schlimmer. Im nächsten Wirtshaus, das ebenso funkelte und leuchtete – freilich wußte er die Herbergen in seiner Erinnerung, nachdem ein Jahr vergangen war, nicht voneinander zu unterscheiden –, fragte er, ob er für die Nacht unterkommen könne.

»Gewiß«, sagte der Wirt und entblößte eine Reihe goldener Vorderzähne.

»Aber wo haben Sie Ihr linkes Ohr gelassen?« fragte Clement, und so hatte er auch diesen Mann erwischt. Der Bursche sagte, es sei ihm in Nashville abgeschnitten worden, wo er nach den Hahnenkämpfen in eine böse Geschichte verwickelt worden sei.

Clement zog weiter, und der Regen wurde immer schlimmer, bis er sich anhörte wie das Fauchen von Wildkatzen, die sich im Zuckerrohr balgten, und endlich fand er, ganz oben auf dem Hügel, ein Gasthaus, dessen Wirt er ehrlich nennen konnte.

»Weil Sie ein gewissenhafter Mann zu sein scheinen«, sagte er, »möchte ich bei Ihnen ein Bett für die Nacht mieten, dazu Abendessen und Frühstück, wenn's nicht zu teuer ist.« »Das läßt sich machen«, erwiderte der Wirt, das wahre Ebenbild eines Hasen, dessen große Ohren mühelos ins Zittern geraten konnten. »Freilich, Sir, ist dies ein allgemein beliebtes Haus, wenn ich so sagen darf Im Lauf der Nacht werden Sie vielleicht einen oder gar zwei Bettgenossen dazu bekommen.«

Genau in diesem Augenblick drang vom Ausschank nebenan ein Schwall lauten Gelächters herüber – »Ho! Ho! Ho!«

»Aber es ist noch früh«, sagte der Wirt, dessen Ohren nichtsdestoweniger zu zittern begannen. »Wenn Sie jetzt gleich raufgehen, können Sie sich den besten Platz im Bett aussuchen.«

Clement blieb nur so lange, um ein Abendessen aus Beefsteak, Eiern, Schinken, Putenschenkeln, Maiskuchen, eingemachten Pfirsichen, Rosinenkuchen und einem Becher Grog einzunehmen, bevor er dem Wirt eine gute Nacht wünschte.

»Angenehme Träume!« sagte der Wirt, und der Reisende stieg die enge Treppe hinauf.

Clement war der erste im Zimmer. Der Sturm hielt unvermindert an, der Wind schüttelte das Haus wie eine Katze eine Maus. Der Regen war zu Hagel geworden. Zuerst versteckte er seinen Geldsack unter jenem Ende des Kopfkissens, das der Tür am nächsten war, und dann ließ er sich nieder, um, wie es in diesem Haus üblich war, vor dem Zubettgehen die Stiefel auszuziehen. Doch bevor er sich des ersten Stiefels entledigt hatte, kam ein zweiter Reisender herein.

Dieser war ein kräftiger Mann, sechs und einen halben Fuß groß, mit einer blauen Jacke, einem roten Hemd und einer Truthahnfeder an der Mütze. Auf seinem Finger saß ein Rabe, der niemals mit den Augen zwinkerte und der sagen konnte:

»Kehr um, mein Liebling,
Geh zurück nach Haus.«

»Hallo, Fremder«, sagte der Kerl zu Clement und trat näher. »Ist lange her, daß wir zusammen übernachtet haben.«

»So ist es«, sagte Clement.

»Hast du noch denselben alten Geruch an dir wie früher?« fragte der Fremde, und Clement verneinte es nicht.

»Bist noch genauso verlaust wie immer?« brüllte er, und Clement erwiderte, er sei's.

»Dann gib mir die Hand!«

Bevor Clement den zweiten Stiefel ausziehen konnte, trat der dritte Reisende ein.

Er war so kräftig gebaut wie der erste, doch nur sechs Fuß groß und gekleidet wie ein Stutzer aus New Orleans, den kurzen Mantel wie einen Umhang um sich geschnürt. Doch aus irgendeinem Grund trug er keinen Hut, und seine üppigen gelben Locken hingen ihm in die Stirn und fielen auf seine Schultern herab.

»Hallo, Fremder«, sagte er zu dem zweiten Reisenden. »Die Welt ist klein! Lange her, seit unsere Köpfe Seite an Seite auf dem Kissen lagen.«

»Eine Ewigkeit!« rief der andere.

Da wußte Clement, daß sie alle einander fremd waren und daß die stürmische Nacht vor ihnen lag.

Als der dritte Reisende seinen Mantel ablegte, kam ein kleiner Dolch zum Vorschein, der im Knoten verborgen war und den er nebst seiner Geldkatze unter das Kopfkissen stopfte. Und so hockten dort nun die drei Beutel mit Gold nebeneinander wie Hennen auf ihren Nestern. Alsdann hielt Clement die Lichtschere über die Kerze.

»Warte!« sagte der dritte Reisende. »Träumen wir schon? Ohne einen letzten Schlaftrunk können wir uns nicht verabschieden, Gentlemen.«

»Ho! Ho! Ho!« sagte der zweite Reisende, schlug sich an die Stirn und fuhr wieder in die Hosen. »Das ist etwas, das ich selten vergesse, denn mein Köpfchen ist so hell wie ein Goldstück.«

Alle drei setzten sich auf, entkorkten die Krüge und führten sie gleichzeitig zum Mund. Und als sie aufblickten, hatte der zweite Reisende seinen Krug ganz leergetrunken.

»Sehr beachtlich!« sagte der gelbhaarige Fremde, der seinen Krug bis zur Hälfte geschafft hatte. Der arme Clement, der bloß ein Viertel geschluckt hatte, wußte nichts zu sagen.

»Ich hab doch nur mal gekostet«, erwiderte der andere, warf seinen blauen Mantel ab und schrie: »Auf ein neues!« Und er riß Clement den Krug aus den Fingern und leerte ihn.

»Ein Mordsschluck!« sagte Gelbhaar. »Aber ich schätze, das war's wohl. Mehr schaffst du nicht, die Vorstellung ist vorbei.«

»Ho! Ho!« sagte der andere, zog sein rotes Hemd aus, blähte mit einem tiefen Atemzug seinen borstenhaarigen Brustkasten auf und griff nach Gelbhaars Krug und leerte ihn ebenfalls.

Dann ließ er seine Mütze durch die Luft segeln, stieß mit einem Pfeifen die Luft aus, schüttelte sich von oben bis unten und erklärte, daß er kein anderer sei als Mike

Fink, der König aller Raufbolde, die mit Flachbooten auf dem Mississippi führen, ein Mann, der zu allem bereit sei.

»Mike Fink! Sieh an«, sagte der gelbhaarige Fremde, legte seinen Kopf auf die Seite und betrachtete ihn mit allen Anzeichen der Bewunderung.

»Ja, ich bin's tatsächlich«, sagte der Flachbootmann ärgerlich. »Bin ich etwa nicht Mike Fink, so wahr du lebst und atmest?« brüllte er Clement an.

Es war eine Nacht, wo man auf der Hut sein mußte, doch Clement glaubte es ihm, bis der gelbhaarige Fremde sagte: »Nun, ich bezweifle es.«

»Du zweifelst daran, daß ich Mike Fink bin? Es ist trotzdem wahr!« schrie der Flachbootmann. »Sieh her!« Und er ballte die Fäuste und ließ seine Muskeln spielen, daß es aussah, als wappte zäher Sirup, und auf seiner Brust war die schönste Meerjungfrau eintätowiert, die in irgendeinem Hafen für Geld zu haben war. »Ich kann mit jeder Hand einen ausgewachsenen Mann hochheben und ihn mit ausgestreckten Armen in der Luft zappeln lassen, und das mache ich oft genug«, schrie der Flachbootmann. »Ich esse eine ganze Kuh auf einen Sitz, und wenn gerade Sonntag ist, schieb ich ein lebendes Schaf hinterher. Ho! Ho! Wenn ich auf einer Fahrt Hunger kriege, spring ich von meinem Floß, wate ans Ufer, und was mir dort in die Quere kommt, das nehm ich mir. Wenn ich auftauche, nehmen die guten Leute die Beine in die Hand und lassen ihre Häuser im Stich! Über Indianer kann ich nur lachen, und ich kann ein Dutzend Ochsen auf einmal auf meinem Rücken tragen, und was Schweine angeht, aus denen schnür ich ein Bündel und häng's mir an den Gürtel!«

»Der Schlag soll mich treffen!« sagte der gelbhaarige Fremde, und er gähnte, kroch ins Bett und schloß seine Augen.

»Ich bin ein Alligator!« kreischte der Flachbootmann und begann mit seinen mächtigen Armen in der Luft herumzufuchteln. »Ich bin ein Stier und eine Klapperschlange und ein Alligator, alles in einem! Ich habe seit der Sintflut so viele Flachbootmänner zusammengedroschen und in den Fluß gekippt, daß ich die Übersicht verloren habe, und was Weiber angeht – ich bin ein Liebhaber, wie du nie mehr einen finden wirst.« Und er sang Mike Finks Lied: »Ich kann schneller laufen, höher hüpfen und springen als alle andern, und ich kann jeden Mann im Land niederwerfen, ausnehmen und fertigmachen!«

»Geh runter an die Ecke und kauf dir noch einen Krug«, sagte der gelbhaarige Fremde. Seine Augen waren noch immer fest geschlossen, während die von Clement, worauf ihr euch verlassen könnt, weit geöffnet waren. »Bis jetzt bist du nichts als ein alter Lügenbock.«

»Ich lüge also?« brüllte der Flachbootmann, ließ seine Hosen fallen, sprang in drei Sätzen durch das Zimmer und sagte: »Schaut mich genau an, und dann bestreitet, daß ich Mike Fink bin.«

Clement gab ihm bereitwillig recht, doch der gelbhaarige Fremde sagte: »Ach was, du bist nichts als ein alter Ochsenfrosch, und du bist kurz davor, mich wütend zu machen. Also, was willst du? Wenn du kämpfen willst, laß uns kämpfen.«

Darauf stieß der Flachbootmann einen markerschütternden Schrei aus, sprang in das Federbett und zerriß es, und der gelbhaarige Fremde fuhr lachend in die Höhe, und die Federn flogen durch das ganze Zimmer wie Spritzer bei einem Wolkenbruch. Und draußen vor dem Fenster stürmte es, und von der Tür her sagte der Rabe:

»Kehr um, mein Liebling,
Geh zurück nach Haus.«

Clement seinerseits, weil er ein Mann des Friedens und auf dem Schauplatz nicht erwünscht war, zog sich zurück und hielt die Kerze so, daß sie in Sicherheit war und zugleich das beste Licht warf, während seine Bettgenossen ein gut Teil der Nacht Hiebe nach rechts und links austeilten, einander packten und niederwarfen. Und wenn er einmal nieste, mußte er wegen der Federn gleich tausendmal niesen.

Endlich sagte der Flachbootmann: »Laß uns aufhören und noch eine Mütze voll Schlaf nehmen. Wir werden morgen früh dort weitermachen, wo wir heute nacht aufgehört haben. Einverstanden?«

»Gemacht«, sagte der andere und ließ ihn dort zu Boden fallen, wohin er ihn gerade hatte werfen wollen. »So würde es Mike Fink halten, wenn er hier wäre.«

»Sag noch einmal, daß ich nicht Mike Fink bin, und, Frieden hin, Frieden her, du hast deinen letzten Seufzer getan!« schrie der Flachbootmann. Und dann setzte er verschlagen hinzu: »Falls du inzwischen noch nicht wissen solltest, wer ich bin, so weiß *ich*, wer *du* bist.«

»Sei vorsichtig«, sagte der andere.

»Ich wette das ganze Gold, das unter diesem Kopfkissen liegt, gegen die ekelhaften Knöpfe, die du an deiner Jacke trägst, daß dein Name Jamie Lockhart ist! Jamie Lockhart, der...«

»Hüte deine Zunge«, sagte der andere, und er zog seinen kleinen Dolch halb hervor.

»Ich sag's zum dritten Mal: Dein Name ist Jamie Lockhart, der Ichweißnichtwas«, sagte der Flachbootmann. »Und wenn das nicht genügt, wollen wir die Entscheidung diesem Gentleman überlassen, dessen Name noch nicht an die Öffentlichkeit gedrungen ist.«

Der arme Pflanzer wußte bloß zu sagen: »Mein Name, aus dem ich gar kein Geheimnis mache, ist Clement Musgrove. Aber Jamie Lockhart kenne ich nicht, ebensowenig wie Mike Fink, und ich will diese Entscheidung nicht treffen.«

»Ich bin Mike Fink!« kreischte der Flachbootmann. »Und der da ist Jamie Lockhart! Und nicht umgekehrt! Du sagst, daß du nicht weißt, wer er ist – weißt du nicht, *was* er ist? Er ist ein...« Und er packte Clement, wie eine Bärin ihr junges, und walzte mit ihm herum und flüsterte: »Sag's doch! Sag's! Sag's!«

Der arme Mann begann erstaunt den Kopf zu schütteln und hatte keinen Spaß am Tanzen.

Doch der gelbhaarige Fremde lächelte ihm zu und sagte

ziemlich kühl: »Sag meinetwegen, *wer* ich bin, aber wage zu sagen, *was* ich bin, dann hat für dich wie für jeden andern das letzte Stündlein geschlagen.«

Nachdem er dies verkündet hatte, legte er sich wieder ins Bett und sagte zu Mike Fink: »Blas die Kerze aus.«

Der Flachbootmann verstummte augenblicklich, schlüpfte wieder in Hose, Hemd und Jacke, blies die Kerze aus und ließ sich neben Jamie Lockhart, wenn er's denn war, ins Bett fallen, während sich der Pflanzer, der zu dem Schluß gekommen war, die Angelegenheit sei vorerst erledigt auf der anderen Seite niederlegte.

Doch kaum hatte Clement wohlig aufgestöhnt und sich in die ersten lieblichen Gefilde des Schlafs begeben, als er spürte, wie eine Hand seinen Arm ergriff.

»Keinen Ton, wenn dir dein Leben lieb ist«, flüsterte eine Stimme. »Raus aus dem Bett.«

Der Sturm war vorüber, und der Rabe war still, doch wer weiß, ob er schlief? Es war der gelbhaarige Mann, der geflüstert hatte, und Clement mußte sich fragen, ob er jetzt herausfinden sollte, was Jamie Lockhart war. Ein Mörder? Ein Verrückter? Ein Gespenst? Irgendein exotisches Untier, als Mann aus New Orleans verkleidet? Er stellte sich auf die Füße und betrachtete seinen Bettgenossen im klaren Licht des Mondes, das nun durch die Fensterläden drang. Er bot einen überaus liebenswürdigen Anblick, doch niemand hätte aus seiner Miene schließen können, was er tun würde. Er führte Clement in eine Zimmerecke, nahm zwei Bündel Zuckerrohr, die an der Wand lehnten, und legte sie wie zwei Puppen ins Bett.

»Wozu das?« sagte Clement.

»Paß auf und warte ab«, sagte er, und blitzte ihn im Dunkel mit seinen weißen Zähnen an.

Und dann, mitten in der Nacht, stand Mike Fink auf, reckte sich, kicherte, griff mit beiden Händen zu und riß ein langes Dielenbrett aus dem Fußboden.

Sobald er es in Händen hielt, brach er in entzücktes Geflüster aus. »Ein Stückchen von einem Flachboot bist du! Oh, ich würde dich überall erkennen, ich würde dich wiedererkennen wie eine Frau, ich würde deinen süßen Duft wittern.« Er gab dem Brett einen Schmatz und sagte: »Kleines Stückchen Flachboot, es ist Mike Fink, der dich hochgehievt hat. Nun geh an die Arbeit und vernichte diese beiden armseligen schlafenden Narren!«

Dann machte er sich ans Werk und schlug viele Male mit der Planke zu, und die Schläge fielen gerecht und zu gleichen Teilen, und keines der beiden Zuckerrohrbündel, die zwischen den Federn des Bettes lagen, wurde dabei bevorzugt.

»Da! Und da! Wenn wir ihnen nur einen heilen Knochen gelassen haben, bin ich nicht das tapferste Geschöpf unter der Sonne, und du, hübscher Prügel, warst niemals ein Stück von einem Flachboot«, sagte er.

Darauf langte er unter das zerfetzte Kopfkissen, schnappte sich die drei Beutel mit Gold wie heiße Maiskuchen vom Feuer, legte sich nieder, streckte die Beine und schlief auf der Stelle ein. Das Gold hielt er mit beiden Händen gegen die Brust gepreßt und träumte von nichts anderem.

Als alles wieder still war, streckte Clement seine Hand aus und sagte: »Sind Sie Jamie Lockhart? Ich frage nur aus Dankbarkeit nach Ihrem Namen, und ich frage Sie nicht, was Sie möglicherweise sind.«

»Ich bin Jamie Lockhart«, erwiderte er.

»Wie kann ich Ihnen dafür danken, Sir, daß Sie mir das Leben gerettet haben?«

»Heb's dir auf bis morgen«, sagte Jamie Lockhart. »Solange er uns nämlich für tot hält, können wir in Frieden schlafen.«

Er und der Pflanzer ließen sich fallen und schliefen bis zum Hahnenschrei.

Als Clement am nächsten Morgen erwachte, war Jamie Lockhart bereits auf und hatte seine Stiefel an. Jamie gab ihm ein Zeichen, und er versteckte sich mit ihm im Kleiderschrank und spähte durch eine Ritze hinaus.

Schließlich erwachte Mike Fink mit einem Rülpser wie ein Löwengebrüll.

»Schon fast Tag!« verkündete Mike, und er sprang aus dem Bett. Mit mächtigem Gerassel fielen die Geldbeutel von seiner Brust auf den Boden.

»Gold!« rief er. Dann bückte er sich und zählte es, Stück für Stück, und dann, als erinnere er sich plötzlich, stocherte er mit einem Finger im Bett herum, obgleich er sich mit der anderen Hand die Augen zuhielt und nicht hinsehen mochte.

»Nichts übrig von den beiden, nur der Saft«, sagte er.

Da gab Jamie Lockhart Clement einen Wink, und die

beiden kamen, ohne ein Sterbenswörtchen zu sagen, aus dem Schrank hervor.

Der Flachbootmann fiel nach vorn, als habe man ihm einen Mühlstein um den Hals gebunden.

»Geister!« schrie er.

»Guten Morgen! Ist das vielleicht Mike Fink?« fragte Jamie Lockhart höflich.

»Heilige Mutter! Geister, kein Zweifel!« rief er abermals.

»Kennst du Jamie Lockhart nicht mehr, oder ist es zu lange her?«

»Oh, Jamie Lockhart, wie geht's dir?« »Fühle mich prächtig.«

»Hast du gut geschlafen?«

»Hab ich, hab ich«, entgegnete Jamie, »bis auf ein paar Ratten, die mich in der Nacht ein- oder zweimal mit ihren Schwänzen getätschelt haben. Haben Sie es auch bemerkt, Mr. Musgrove?«

»Ja«, sagte Clement, wie es verabredet war, »wenn ich es mir recht überlege.«

»Ich glaube wirklich, sie haben auf meiner Brust einen Natchez-Tanz aufgeführt«, sagte Jamie.

Und bei diesen Worten schrie der Flachbootmann ein letztes Mal »Geister!« und sprang aus dem Fenster. Und damit hatte er drei Beutel voll Gold zurückgelassen: den von Clement Musgrove, den von Jamie Lockhart und seinen eigenen.

»Den sehen wir nie wieder«, sagte Jamie. »Also werden wir irgendwie sein Gold loswerden müssen.«

»Seien Sie bitte so freundlich und verfügen Sie darüber«, sagte Clement, »denn ich habe an meinem eigenen genug und kein Interesse daran.«

»Sehr gut«, sagte Jamie, »obgleich ich an dem sprechenden Vogel mehr Gefallen finde.«

»Sie können ihn haben, wenn's Ihnen Spaß macht. Und nun sagen Sie mir, was Sie von mir annehmen wollen, denn Sie haben mir das Leben gerettet«, sagte der Pflanzer überaus ernsthaft.

Jamie Lockhart lächelte und sagte: »Um ehrlich zu sein, brauche ich etwas sehr dringend, ohne das ich sogar in Gefahr geraten könnte, ins Gefängnis zu wandern.«

»Was ist das?«

»Ein spanischer Paß. Ist bloß eine Formalität und nichts Aufregendes, doch ich bin ein Fremder im Natchez-Land. Man braucht dazu eine Empfehlung an den Gouverneur von einem Landbesitzer, wie Sie einer sind.«

»Ich gebe sie Ihnen mit Freuden«, sagte Clement. »Bevor Sie aufbrechen, werde ich sie schreiben. Aber sagen Sie mir – wollen Sie sich hier in der Gegend niederlassen?«

»Vielleicht«, sagte Jamie und machte sich zum Gehen bereit. »Das wird sich noch zeigen. Doch wir werden uns sicherlich wiedersehen«, sagte er, knotete die Ärmel seines Mantels vor der Brust zusammen und nahm den Vogel auf seinen linken Zeigefinger. Der Vogel sagte plötzlich, als fände er es passend:

»Kehr um, mein Liebling,
Geh zurück nach Haus.«

Clement beschloß auf der Stelle, diesen Mann einzuladen, am nächsten Sonntagabend bei ihm zu speisen. Doch zuallererst, da er nun mal ein einfältiger Mann war, der dazu neigte, allen Leuten zu trauen, die ihm zuhörten, führte er Jamie Lockhart in das Gasthaus von Rodney hinunter, blickte ihm freundlich ins Gesicht und erzählte ihm die Geschichte seines Lebens.

»Einst war ich mit einer schönen Frau aus Virginia verheiratet«, sagte er, »ihr Name war Amalie. Wir lebten in den friedlichen Bergen. Im ersten Jahr gebar sie mir zwei wonnige Zwillinge, einen Sohn und eine Tochter, und den Sohn nannten wir Clement und die Tochter Rosamond. Und bald darauf machten wir uns mit einigen anderen auf den Weg und zogen flußabwärts. Damit fing alles an«, sagte Clement, »mit der Reise den Fluß hinunter. Auf dem Flachboot kauerten wir um unser Feuer und blickten einander an – ich, meine erste Frau Amalie, Kentucky Thomas und seine Frau Salome und die kleinen Zwillinge, wie Puppen in ihren Decken. Heute weiß ich den Grund nicht mehr, warum ich überhaupt aufbrach«, sagte er. »Ich weiß, daß ich jemand bin, der nach gar nichts sucht, und in dieser Welt hat Ehrgeiz mein Herz niemals gekitzelt. Doch es schien, als sei ich von dem angesteckt worden, was über die anderen kam, und ihnen erging es genauso. In der ganzen Welt lag es in der Luft, ins Unbekannte vorzustoßen, und wir hatten uns, einer wie der andere, in Pioniere verwandelt, und das Herz des einzelnen und sein eigener Wille hatten vielleicht gar nichts damit zu tun.«

»Zerbrechen Sie sich nicht den Kopf über das Warum«, sagte Jamie freundlich, »vielleicht waren es ja die Sterne.«

»Die Sterne schienen hell auf all unsere Habseligkeiten«, sagte Clement, »als würden sie gezählt und ihre Zahl für klein befunden. Die Sterne schienen hell – zu hell. Wir konnten allzugut sehen, daß es besser war, nicht weiterzufahren, sondern anzulegen und sorgsam Wache zu halten. An irgendeiner Stelle unter den Sternen lockten die Indianer uns ans Ufer.«

»Wie haben sie das angestellt?« fragte Jamie. »Welchen Trick haben sie angewendet? Die Wilden sind so schlau, daß sie leicht überleben, ganz gleich, wie sehr wir auf ihnen herumtrampeln.«

»Die Indianer wissen, daß ihre Zeit gekommen ist«, sagte Clement. »Sie sind davon überzeugt, daß die Zukunft immer armseliger werden wird, und das macht sie so unendlich fröhlich und grausam. Sie machten überhaupt kein Hehl daraus, wie groß ihr Vergnügen und wie gering ihre Überraschung waren, als wir auf allen vieren zu ihnen hinaufkletterten und krochen, wo sie uns oben am Steilufer erwarteten, in ihre Bärenfelle gehüllt und uns dumm und dreist entgegenblickend.«

»Natürlich haben sie euch das ganze Geld weggenommen«, sagte Jamie. »Und ich möchte wissen, wieviel es war, was ihr ihnen geben mußtet. Erst gestern habe ich von einem Fall gehört, wo Reisende in der Wildnis von ihnen geschnappt wurden. Sie gaben ihnen dreihundert Dublonen, fünfundsiebzig Goldbarren, sechs mal acht Zoll groß, fünfhundert französische Guineen und jede Menge andere Münzen, deren Wert man nur durch Wiegen bestimmen könnte – insgesamt waren es ungefähr fünfzehntausend Dollar.«

Doch wenn dies als Wink gemeint war, hörte Clement ihn nicht. »Das Geld war das wenigste«, sagte er. »Wir wurden in ihr Lager geschleppt – ein abgelegener, leergefegter, duftender Platz unter blühenden Bäumen –, wir wurden umzingelt und mußten uns zur Schau stellen und uns nackt ausziehen wie Sklaven. Wir mußten im Kreis herumwirbeln und wurden schwindelig von einem Tanz, den wir unsern Gliedern nie zugetraut hätten. Wir mußten es uns gefallen lassen, gedemütigt und gequält und ausgelacht zu werden, und endlich wurde, unter genauer Beachtung der Förmlichkeiten, über unser Schicksal entschieden. Sie legten alle ihren bunten Federschmuck an und blickten auf uns herab, als wären wir kleine Mäuse.«

»Das muß lange her sein«, sagte Jamie. »Heutzutage sind sie nicht so vornehm und können nicht auf diese Weise mit Gefangenen umgehen.«

»Der Sohn, der meinen Namen trug, wurde in einen Kessel mit kochendheißem Öl geworfen«, sagte Clement, »und meine Frau, Amalie, fiel bei diesem Anblick den Indianern tot aus den Armen. Darüber packte die Indianer kalter Hohn; sie hatten erwartet, sie würde weiterleben wollen. In ihrer Verachtung gaben sie mich frei und brannten mir eine Art Mal auf. Nichts, was man sehen könnte, sondern etwas, das sie mit ihren Blicken ausdrückten. Kentucky Thomas wurde getötet. Darauf wurden ich, der Tränen vergossen hatte, mein Kind, das kleine Mädchen, und Salome, die häßliche Frau, die sie alle fürchteten, zusammengebunden und in die Wildnis geschickt. Mit ihren Trommeln trieben sie uns fort.«

»Die Indianer wollten, daß Sie mit weniger als nichts übrigblieben«, sagte Jamie.

»Dies hätte, wie andere Kniffe, die man bei einem Mann anwenden kann, seine Liebe erzwingen können«, sagte Clement. »Ich ging, an diese Frau, Salome, gefesselt, trug mein Kind, immer auf der Hut, hungrig und erschöpft, länger als ich denken kann.«

»Und nun ist sie Ihre zweite Frau«, sagte Jamie, »und Sie haben Erfolg gehabt, nicht wahr?«

»Vom ersten Augenblick an richtete sie ihre Augen weniger fragend als fordernd auf mich, und kein anderer Blick auf der Welt laugt einen Mann mehr aus. In ihrem zerstörten Herzen war nichts mehr außer Ehrgeiz zurückgeblieben. Wir sprachen kaum miteinander, sondern jeder von uns sprach mit dem Kind. Als ich schwächer wurde, wuchs ihre Kraft, und im Kampf ums Überleben blühte sie auf. Sie hätte unsere Fesseln mit bloßen Händen zerreißen können, aber sie tat's nicht. Ich habe nie einen Tag erlebt, an dem sie Freundlichkeit gezeigt hätte, denn die hatte sie wohl in Kentucky gelassen. Das Kind weinte, und sie beruhigte es auf ihre Weise. Eines Morgens sagte ich zu mir selbst: ›Wenn wir auf einen Fluß stoßen, soll's ein Zeichen sein, und ich werde diese Frau heiraten.‹ Aber ich glaubte nicht daran, daß wir jemals einen Fluß finden würden. Dann, schneller als gedacht, fanden wir einen – keinen geringeren als den Mississippi. Ein Priester, der mit einem Flachboot aus Tennessee kam, um seinen Whisky zu verkaufen, legte an, als er uns erblickte, schnitt uns voneinander los und traute uns. Er fütterte uns mit Fleisch, gab uns seinen Segen und ein paar Liter Maiswhisky und ließ uns, wo wir waren.«

»Und Sie verwandelten sich auf der Stelle in einen Pflanzer«, sagte Jamie, »und ich möchte nicht wissen, wie gut Sie inzwischen dastehen!«

»Dort, auf dem Land, das der König von Spanien mir übereignete«, sagte Clement, der nun derart scharf darauf war, seine ganze Geschichte zu erzählen, daß er beinahe platzte, »baute ich eine kleine Hütte, mit der wir anfangen konnten. Als aber mein erster Tabak auf dem Markt verkauft war, drängte mich Salome, meine zweite Frau, in der Nacht, ein besseres Haus zu bauen, wie das unseres nächsten Nachbarn, und ich machte es. Ich baute das schöne Schlafzimmer hinzu, mit einem Wandspiegel, und darauf folgte eine abgetrennte Speisekammer und hinter dem Haus eine Küche mit einem großen Backofen. Und hinter der Küche war in einem kleinen Pferch ein brandneues Schwein, und dahinter, an einen Baum gebunden, graste eine neue Kuh. Ein großer schwarzer Hund bellte im Vorgarten, um die Leute fernzuhalten, und jeden Morgen sprang ein Hahn auf das Hausdach und krähte so laut, daß er das ganze Land aufwecken konnte. ›Wie gefällt dir das, Frau?‹ sagte ich.

›Wir werden sehn‹, sagte Salome. ›Es ist schier unmöglich, hier nicht reich zu werden.«

»Und hatte sie recht?« fragte Jamie.

»Ja, sie hatte recht«, erwiderte Clement. »Sie hielt durch, unbeugsam und unermüdlich, und sie warf lange schwarze Schatten im Schein der Kerze, die sie nachts immer durchs Haus trug. Nie war sie sicher, daß niemand uns belästigen würde, und sie schlich prüfend und nie zufrieden durch die Räume. Oft trug sie im Haus ein Gewehr, und sie tut's immer noch. Jede offene Tür zog ihre Augen wie ein Magnet an. Ich brachte ihr viele Geschenke, mehr und mehr, die sie wortlos auswickelte und in einer Truhe verschloß.«

»Eine Frau, mit der man rechnen muß, Ihre zweite Frau«, sagte Jamie mit einem sinnenden Lächeln.

Da preßte Clement die Lippen aufeinander, und er dachte daran, wie grenzenlos berechnend Salome selbst in Zeiten der Liebe gewesen war, fast wie ein Uhrwerk, und keinen Deut anders als der große eiserne Automat auf dem Markt in New Orleans, der mit einem Mann Schach spielen und ihn besiegen konnte.

»Wann immer es mir möglich war«, sagte Clement laut, »brachte ich ihr ein neues Geschenk, um das Schuldgefühl in meinem Herzen zum Verstummen zu bringen.«

»Es ist eine lästige Sache, Schuld mit sich herumzuschleppen«, sagte Jamie. »Ich würde mich nie damit abgeben.«

»Dann sind Sie ein Mann der Tat«, sagte Clement, »ein Mann, der in die Zeit paßt, ein Pionier, der frei handeln kann. Niemand kann zu Ihnen kommen und sagen ›Ich will‹, was Sie nicht wollen. Salome sagte: ›Clement, ich will einen Einspänner, um damit nach Rodney zu fahren.‹ ›Laß uns noch ein Jahr damit warten‹, sagte ich! ›Unsinn!‹ Also bekam sie einen Einspänner. Beim nächsten Mal: ›Clement‹, sagte Salome, ›ich will eine Reihe von silbernen Tellern haben, die sich so gut auf dem Wandbord machen.‹ Ich: ›Aber mein teures Weib, können wir denn sicher sein, daß wir etwas haben werden, davon zu speisen?‹ Und den Kaufleuten sind wir, wie Sie wissen, auf Gedeih und Verderb ausgeliefert. Trotzdem: als das Schiff aus Liverpool kam, bestand mein nächster Kauf nicht aus einem schmiedeeisernen Pflug, sondern aus einem Satz von Silbertellern. Und es schien alles gut zu geraten, was immer ich dem Land, das ich bebaute, abverlangte, wenn sie mich dazu aufforderte, und es erwies sich als unendlich fruchtbar.«

»Und wie steht es jetzt mit Ihrem Vermögen?« fragte Jamie, auf die Ellenbogen gestützt und vorgebeugt.

»Nun, seit kurzem schmückt eine kleine vierpfostige Veranda die Vorderseite meines Hauses, wo wir abends sitzen; und neue Sklaven wurden mit Äxten losgeschickt, noch mehr Bäume zu fällen, und unter dem schwarzen Dach des Urwaldes rücken die Felder mit Indigo und Tabak immer näher an den Fluß heran. Und dann, eines Tages, brachte sie mich dazu, Baumwolle anzubauen – und mein Glück war gemacht. Ich schätze, daß ich im Augenblick«, sagte Clement abschließend, doch ohne rechte Überzeugung (denn, um die Wahrheit zu sagen, wußte er nicht ganz genau, wie reich er war), »über Tausende und Abertausende von Goldstücken verfüge.«

»Sie sind ein erfolgreicher Mann«, sagte Jamie, »gezwungenermaßen.«

»Doch an manchen Morgen, wenn ich ausreite«, sagte Clement, »rennt meine Tochter Rosamond mir nach, hält mich auf dem Pfad an und sagt: ›Vater, warum hast du in der Nacht so laut geschrien?‹ Und ich sage ihr, ich hätte einen Traum gehabt. ›Was hast du geträumt?‹ fragt sie. ›Immer, wenn ich mich niederlege und träume, bin ich in der Vergangenheit. Und wenn ich wieder auf meinen Füßen stehe, bin ich in der Gegenwart. Und ich muß mich dauernd bemühen, nicht zu fallen.‹ Und Rosamond sagt: ›Es ist meine Mutter, die du liebst, ich könnte schwören.‹ Und Salome lauscht an der Tür, und ich höre sie zu sich selber sagen: ›Ich täte gut daran, ihn jeden Morgen, kurz bevor in der Morgendämmerung der Traum zu ihm kommt, zu wecken und ihn über meine Rechte aufzuklären.‹« Clement seufzte und sagte: »Die Wünsche sind's. die die Welt aus dem Schlaf reißen, und gäbe es sie nicht, wer weiß, was nicht alles ins Stocken geraten würde?«

Doch Jamie sagte, er müsse gehen, und erinnerte ihn an den Paß, den er brauchte.

»Es war sehr interessant, mit Ihnen zu sprechen«, sagte Clement, als er das Papier ausgefertigt hatte; denn der arme Mann befand sich im Irrtum, wenn er glaubte, nun alles über Jamie zu wissen, anstatt sich klarzumachen, daß Jamie nun alles über ihn wußte. »Und um Sie zu überreden, sich in der Nähe niederzulassen und abends zu uns zu kommen und mir mehr zu erzählen, lade ich Sie ein, am nächsten Sonntagabend mit mir zu speisen. Es ist nur ein Ritt von drei Stunden, und ich werde Sie hier erwarten, um Ihnen den Weg zu zeigen.«

»Ich denke, ich werde kommen«, sagte Jamie, seine Zähne zu einem Lächeln fletschend. Doch in Wahrheit war sein Blick rätselhaft.

»Ich möchte Sie«, sagte Clement, »mit Salome bekannt machen, und mit meiner Tochter Rosamond, die so schön ist, daß sie die Erinnerung an meine erste Frau in meinem Herzen für immer lebendig hält.«

Und dann ritten die beiden fort – Clement durch die Wildnis zu seiner Pflanzung und Jamie, der etwas in eigener Sache zu erledigen hatte, mit dem Raben auf seiner Schulter.

2

In einiger Entfernung von Rodneys Anlegeplatz, draußen in den Wäldern, auf einer Lichtung in den immergrünen Eichen, den Zedern und den Magnolien, jeweils eine Meile vom Mississippi und dem Alten Natchez-Pfad entfernt, stand das Haus, das Clement Musgrove gebaut hatte und das einmal eine Hütte gewesen war, und dort stieg nun der Rauch aus dem Schornstein. Während Clement durch die Wildnis nach Hause ritt, stand seine Frau Salome in der Küche und rührte mit einem Schöpflöffel in einem Topf mit Suppe, und dort beugte sich seine Tochter Rosamond aus dem Fenster im Obergeschoß und sang ein Lied, das mit dem Wind davontrieb. Rosamond war ein wirklich schönes goldhaariges Mädchen, das wegen des Singens von seiner Stiefmutter eingesperrt worden war und trotzdem weitersang, weil das Singen die Zeit besser verkürzte als irgend etwas sonst. Und so fing ihr Lied an:

»Der Mond schien hell, und klar war sein Licht.
›Willkommen‹, sagt sie, ›mein Liebster, mein Stern!
Ich hab dich geliebt wohl sieben Jahr,
und unser Schicksal war, daß wir immer uns fern.‹

In beide Arme nahm er sie dann,
Und küßt sie auf Wangen und Mund,
Und hat wohl die Maid noch öfter geküßt,
Bevor ihnen schlug die Abschiedsstund.«

Bevor Rosamond ans Ende dieses Liebesliedes gelangt war, das sehr lang zu werden versprach, schloß Salome die Tür auf und stand da wie eine alte Spottdrossel.

»Los, du faules Ding«, sagte sie, »ich brauche frische Kräuter für die Suppe. Auf der anderen Seite der Wälder, am äußersten Rand des Indigo-Feldes, wachsen besonders große. Geh und pflücke sie, und komme nicht zurück, bevor deine Schürze voll ist.«

Unter solch einem Vorwand schickte sie Rosamond jeden Morgen allein fort, während ihr Vater nicht da war und nichts davon erfuhr. Sie dachte, vielleicht würden die Indianer das Mädchen rauben, es in ihren Stamm aufnehmen und ihm einen anderen Namen geben, oder ein Leopard würde zwischen zwei Bäumen hervorkommen und Rosamond in seinem Maul wegschleppen, bevor sie ein Wort sagen konnte. Rosamond war nämlich schön wie der lichte Tag und Salome häßlich wie die Nacht, und mochte sie noch so sehr mit den Zähnen knirschen, sie wurde dadurch um keinen Hauch hübscher.

Also sagte Rosamond: »Ja, Stiefmutter«, und sie nahm sich Zeit, ein hellblaues Gewand anzulegen, ihr Haar zusammenzubinden und sich für ihren Imbiß einen kleinen Maiskuchen zu backen, und bereitete sich so zum Aufbruch vor.

»Wenn du ohne die Kräuter zurückkommst, brech' ich dir den Hals«, sagte die Stiefmutter. »Nun fort mit dir!«

Auf ihrem Weg mußte Rosamond ein kleines Gehölz von Robinien durchqueren, und wenn sie unter den Zweigen hindurchging, wo die wilden Bienen summten, nahm sie immer das Medaillon ihrer Mutter fest in die Hand, das sie an einer silbernen Kette trug, und das Medaillon schien aus eigenem Antrieb zu ihr zu sprechen. Niemals versäumte es zu sagen: »Sähe dich jetzt deine Mutter, das Herz tät ihr zerspringen.«

Dann ging sie weiter, und kaum war sie unter den Bäumen verschwunden, als auf seinem Pferd Clement heimkam und vor die Tür ritt. Salome hatte das Mädchen gerade zur rechten Zeit fortgeschickt, und, um die Wahrheit zu sagen, sie hatte ihren Ehemann bereits scharf ins Auge gefaßt, als er nichts weiter war als ein Staubfleck, um vielleicht schon aus der Ferne erkennen zu können, welche Geschenke er mitbrachte; und sie wollte die besten davon für sich.

Clement kam herein, und als erstes sagte er: »Hallo, Frau, wohin ist meine kleine Tochter gegangen?« Denn sie war nicht herausgerannt gekommen, um ihn zu begrüßen, und das war so ungewöhnlich, als hätte in diesem Jahr der Jasmin nicht geblüht.

»Oh, sie ist frisch und munter, daran habe ich keinen Zweifel, und hat uns ganz vergessen«, antwortete Salome mit einem Lächeln, das nur sie zustandebrachte. »Der Müßiggang hat sie wieder einmal aus dem Haus getrieben, aufs prächtigste herausgeputzt, als werde ihr in den Nesseln der König begegnen, und ohne ein Wort darüber zu verlieren, wohin sie ginge. Und ich halte ihr hier auf dem Feuer das Essen warm.« Denn so pflegte sie mit ihrem Gatten zu sprechen.

»Meine arme, kleine Tochter!« sagte Clement betrübt. »Wie gut ist es doch, daß ich eine Frau geheiratet habe, die ein Auge auf mein Kind hat«, sagte er zu sich selbst, »denn was könnte Rosamond sonst nicht alles zustoßen?«

Da knirschte Salome mit den Zähnen, doch sie sparte sich ihren Ärger auf, um ihn später – und die Zeit würde gewiß kommen – in einem großartigen Ausbruch abzulassen.

»Wieviel hast du für unsern Tabak bekommen, und wo sind die Geschenke, die du mitbringen solltest?« fragte sie als nächstes.

»Hier sind die Geldbeutel, zähl selber, nachdem der Tisch abgeräumt ist«, sagte Clement, der noch nicht einmal eine kleine Mücke um ihr Vergnügen bringen mochte. »Und hier sind das Päckchen mit Stricknadeln, die Nähnadeln, ein Stück Kattun, ein Paar Kämme, Orangenwein, Madeira, Muskateller, das Salz für die Tafel und alles, was der Apotheker vorrätig hatte.«

»Und dieses Seidenkleid, ist das auch für mich?« fragte

Salome, die die anderen Sachen nicht beachtete, sondern sich ein wunderschönes Kleid, grün wie Zuckerrohrblätter, vor den Leib hielt und darin aussah wie eine alte Hexe, die sich für eine Taufe ausstaffiert hat.

»Nein, das ist nicht für dich, sondern für Rosamond«, sagte Clement. »Und auch die Haarnadeln sind für sie und der Unterrock, der ganz mit Goldfäden bestickt ist, wie es Mode ist bei den jungen Damen in New Orleans.«

»Als ob sie nicht schon eitel genug wäre!« schrie Salome. »Und dieser Tand wird ihr Flausen in den Kopf setzen. Merk dir meine Worte: Sie wird durchbrennen, mit irgendeiner Flußratte, genauso wie Livvie Lane und ihre Schwester Lambie von nebenan, die innerhalb einer Woche von der Pflanzung fortgerannt sind.«

Dann kam Rosamond zurück, die Schürze voller Kräuter für die Suppe, und noch bevor sie aß, probierte sie Kleid und Unterrock an. Wie schön sie darin aussah! Sie steckte ihr Haar auf, glitt und schwebte wie ein Schwan über die Holzdielen und wirbelte ihre Schleppe umher.

In dem Augenblick, da sie Rosamond in den neuen Kleidern erblickte, wurde Salomes Herz schwer wie Blei, und sie fand keinen Frieden mehr, weder bei Tag noch bei Nacht.

»Was hast du gemacht, während ich fort war?« fragte Clement, nachdem Rosamond ihm zum Dank die Arme um den Hals geworfen hatte, denn sie hatte nicht erwartet, daß er ihr etwas anderes als ein kindisches und harmloses Spielzeug mitbringen werde.

»Oh, ich gehe jeden Tag zum äußersten Rand des

Indigo-Feldes auf der anderen Seite des Waldes und hole die Kräuter, die dort wachsen«, sagte Rosamond, »weil meine Stiefmutter nur diese haben möchte. Und heute kam ein nettes Pantherchen hinter einem Stechapfelbaum hervor und rieb sich an meiner Seite. Ich nahm ihn in meine Arme, um zu sehen, was der Kleine tun würde, und er schnurrte mich ein bißchen an. In diesem Augenblick ließ sich seine Mutter aus dem Baum über meinem Kopf fallen, daß die Blätter wie ein Wirbelwind rauschten, und sie landete auf ihren Tatzen, und sie knurrte eine ganze Tonleiter, wie die goldene Orgel in der Kirche von Rodney. Sie war zehn Fuß lang; und als sich ihr die Haare sträubten, muß sie neun Fuß hoch gewesen sein, denn sie reichte über meinen Kopf, als ich sie von oben bis unten musterte. Doch ehe ich mich's versah, hob sie mich mit ihren Zähnen hoch, doch sie packte mich ganz behutsam bei meiner Schärpe und trug mich den ganzen Weg nach Hause durch die Wälder, bevor sie mich vor dem Tor absetzte. Sie schüttelte mich kräftig, und ich wußte, daß sie mir eine Lehre erteilen wollte, und so ließ sie mich los, und hier bin ich, und während der ganzen Zeit habe ich auch nicht ein einziges Blättchen von den Kräutern fallenlassen.«

Freilich, Rosamond war eine große Lügnerin, und niemand durfte ein Wort von dem glauben, was sie sagte. Doch ihr könnt sicher sein, daß sie damit der Stiefmutter den Wind aus den Segeln nahm, die Rosamond mit einem gefährlichen Auftrag fortgeschickt hatte, in der Hoffnung, ihr werde etwas Böses zustoßen, und die nun erleben mußte, daß sie sicher zurückkehrte und Dinge erzählte, die noch schlimmer waren als die, die sie ihr an den Hals gewünscht hatte. Was Rosamond anging, so hatte sie nicht die Absicht, etwas anderes als die Wahrheit zu erzählen, doch kaum hatte sie den Mund geöffnet, um eine Frage zu beantworten, fielen daraus die Lügen wie Diamanten und Perlen. Ihr Vater hatte versucht, sie deswegen zu schelten und ihr gedroht, sie ins Mädchenpensionat zu stecken, oder sie ohne Abendessen ins Bett geschickt, doch nichts hatte geholfen, und so gab er's auf. Wenn sich irgendwo in der Welt, bemerkte er zuweilen, ein Mann finden ließe, der sie dazu bringen könnte, die Wahrheit zu sagen, würde er ihm Rosamond überlassen. Salome dagegen sagte, man täte besser daran, ihr ein wenig Medizin von Dr. Rohrstock zu verabreichen.

»Im nächsten Jahr wird sie vielleicht einen Hauslehrer bekommen«, sagte Clement zu Salome, »und Griechisch lernen und Nähen und Gitarrespielen.«

»Niemals! Ich werde das alles ganz allein lernen«, sagte die arme Rosamond, und tatsächlich holte sie sogleich ihre Gitarre und spielte »Schön wie eine Rose«.

In der Nähe von Clements Haus wohnte in einem feuchten Tal eine arme Witwe mit ihren sechs bäurischen Töchtern und ihrem einzigen Sohn. Der Sohn, der der jüngste war, wurde Böckchen genannt, weil er die Tür einrennen konnte, um hinauszugelangen, wenn seine Mutter ihn eingeschlossen hatte, und auf dieselbe Weise auch wieder hereinkam, wenn seine Mutter ihn ausgesperrt hatte. Jedes Mal, wenn sie fortging und ihm sagte, er solle sich auf keinen Fall aus dem Haus rühren, solange sie fort sei und etwa in Rodney bei Ringkämpfen, Pferderennen, Gänsejagden, Wettschießen, Tontaubenschießen, Hahnenkämpfen Maulaffen feilhalten, oder sie werde ihm mit der Bratpfanne den Schädel flachklopfen, konnte sie Gift darauf nehmen, daß er verschwunden war, wenn sie heimkam. Und dies trotz aller Versprechen, sie werde ihm Geschenke mitbringen, und so war es zwecklos, ihm etwas mitzubringen. Böckchen war ein überaus unternehmungslustiger Knabe, und alles, was er eingesperrt fand, ließ er frei, einschließlich sich selber. Er hatte in diesem Teil des Landes sämtliche kleinen Fohlen und Schweine und Kälbchen und Herden von Gänsen, Pfauhennen, Küken und Truthähnen befreit, und er befreite jegliches Getier aus einer Falle, und hätte er ihm zu diesem Zweck das Bein ausreißen müssen. Nun hatte es sich auf irgendeine Weise, wie die Dinge eben passieren, so gefügt, daß Salome in dem kleinen Böckchen einen Verbündeten gefunden hatte, wobei sie den Gedanken im Hinterkopf hatte, ihn für ihre eigenen Zwecke einzuspannen. Als Sklaven konnte sie ihn nicht kaufen, weil er alles andere als ein schwarzer Afrikaner war, doch sie brachte der alten Mutter einen Quartkrug mit eingemachten Pfirsichen, die sie mit eigenen Händen aufgelesen hatte, und gab sich ein so großzügiges Aussehen, daß ihr die Mutter Böckchen freiwillig überließ, wann immer und zu welchem Zweck er auch gebraucht wurde, wenn sie ihn nur wiederbekam.

Gleich am nächsten Tag, nachdem Clement Rosamond das Seidenkleid mitgebracht hatte, wie es die kreolischen Mädchen trugen, und Salomes Herz nicht leichter, sondern schwer wie Eisen geworden war, kroch also die alte Stiefmutter hinter dem Haus ins Tal hinab und rief nach Böckchen.

Böckchen, der am Herd zurückgelassen worden war, um auf einen Maiskuchen aufzupassen, kam durch ein Loch in der Tür herausgeschlüpft. Sein karottenrotes Haar war völlig verfilzt, und seine beiden Augen schielten so vortrefflich, daß sie wie eines wirkten. Er grinste und offenbarte, daß er über jeden zweiten Zahn verfügte, doch das war alles. Er stand da und streckte seine beiden dicken Zehen in die Luft.

»Ich hoffe, es geht dir gut, Böckchen«, sagte Salome und schenkte ihm ein Lächeln ihrer Sorte, und Böckchen sagte, er habe sich, soweit er sich erinnern könne, niemals besser gefühlt.

»Du hast doch wohl nicht vergessen, daß du für mich arbeitest, Böckchen?« fragte Salome.

»Wie werde ich denn«, sagte Böckchen, »es sei denn, ich kriege ein besseres Angebot.«

»Dann sage ich dir, worin deine heutige Arbeit bestehen wird«, sagte Salome, und indem sie sich so tief zu ihm hinunterbeugte, wie es ihr sicher schien, denn er hätte ja beißen können, flüsterte sie ihm allerlei Hokuspokus ins Ohr. »Überlassen Sie nur alles mir«, sagte Böckchen anschließend. »Sie haben nicht zu tauben Ohren gesprochen.«

Also besiegelten sie einen Handel, und Salome schlich nach Hause zurück, saß da und wartete.

Währenddessen kleidete Rosamond sich an, und sie wählte ihr neues Seidengewand, weil sie entschlossen war, nie wieder ein anderes Kleid zu tragen. Mit den Haarnadeln steckte sie ihr langes Haar auf. Gerade als sie einen Blick in den Spiegel warf, trat Salome ein, wie ein Schatten, der auf die Sonne fällt.

»Wohlan, meine schöne Dame, ich brauche Kräuter für die Suppe, denn alle, die du gestern gebracht hast, haben heute ihre Würze verloren«, sagte sie. »Bring mir keine anderen als die schönen Kräuter, die auf der anderen Seite des Waldes, am äußersten Rand des Indigo-Feldes wachsen. Und wage es nicht heimzukommen, bevor deine Schürze voll ist.«

»Oh«, rief die arme Rosamond, »aber dabei werde ich mir das Kleid zerreißen.«

»Warum bist du auch eine solche Närrin, es zu tragen«, sagte die Stiefmutter, und so mußte Rosamond gehen, und die Stiefmutter rief ihr nach: »Falls du ohne die Kräuter zurückkommst, werde ich dir den Hals umdrehn!«

Und wieder durchquerte Rosamond das kleine Gehölz von Robinien und hörte das goldene Summen der Bienen und griff nach dem Medaillon ihrer Mutter. Das Medaillon sprach und sagte: »Sähe dich jetzt deine Mutter, das Herz tät ihr zerspringen.«

Dann ging sie weiter, und dieses Mal schlich Böckchen ihr nach, doch er hielt sich wohlverborgen, von seinem

Auftrag ganz in Anspruch genommen und fest entschlossen, ihn nicht zu vergessen.

Zuerst ging Rosamond durch den Wald und dann am Indigo-Feld entlang, bis sie dessen äußersten Rand erreichte, der an eine tiefe, dunkle Schlucht grenzte. Und am Grunde der Schlucht verlief der Alte Natchez-Pfad, über den früher die Büffel gezogen waren und wo heute Reisende verkehrten, die von Banditen und Indianern überfallen und von wilden Tieren in Stücke gerissen wurden.

Dort waren die Wurzeln und Dornensträucher, zwischen denen die Kräuter wuchsen. Ganz gleich, wie viele Rosamond pflückte, am nächsten Tag schienen sie genauso üppig zu grünen. Also schürzte Rosamond ihr feines Seidenkleid und pflückte die Kräuter hinein.

Die ganze Zeit nun hatte Böckchen Rosamond immer einen kleinen Vorsprung gelassen und auf die Gelegenheit gelauert, ihr den Garaus zu machen. Diese Anweisung hatte er von Salome erhalten, als sie ihm so lange die Ohren vollgeflüstert hatte. Sollte Rosamond einen Blick über den Rand der Schlucht werfen, sollte er ihr den nötigen Stoß versetzen, sollte sie hingegen in eine der Bärengruben fallen, brauchte er sich bloß die Ohren zuzuhalten und sie nicht zu befreien. Und was immer ihr rein zufällig zustoßen mochte, er hatte lediglich daran zu denken, ein Stück von ihrem Kleid, völlig zerrissen und staubbedeckt, als Zeichen mitzubringen, daß sie gewiß tot war, dann würde er zur Belohnung ein junges Ferkel bekommen.

Rosamond ging frohgemut ihrem Geschäft des Kräutersammelns nach, und falls sie etwas von Böckchen im Unterholz sah oder hörte, dachte sie an einen Indianer oder an eine Wildkatze und achtete nicht weiter darauf, denn sie trug ja das Medaillon ihrer Mutter, das die übermäßigen Übel der Welt von ihr fernhielt und ihr nur die kleinen ließ.

Es dauerte nicht lange, und sie öffnete ihren Mund und fing an zu singen:

»Der Mond schien hell, und klar war sein Licht.
›Willkommen‹, sagt sie, ›mein Liebster, mein Stern!
Ich hab dich geliebt wohl sieben Jahr,
Und unser Schicksal war, daß wir immer uns fern.«‹

Und obgleich sie außer ihrem Vater niemals einen Mann gekannt oder geliebt hatte, war ihre Stimme so traurig und süß und voll Liebe, daß Böckchen im Unterholz kurz davor war, in Tränen auszubrechen.

Kaum hatte sie die erste Strophe des Liedes beendet, als man unten auf dem Pfad Hufschläge hörte, und unter den gekreuzten Ästen der Bäume kam kein anderer als Jamie Lockhart dahergeritten, der irgendeine teuflische Untat im Sinne hatte und sein Gesicht über und über mit Beerensaft eingeschmiert hatte, um sich unkenntlich zu machen.

Als er Rosamond so lieblich singen hörte, als hätte sie gerade für diesen Augenblick das Singen erlernt, mußte er hinaufschauen, und sobald er sie erblickte, trieb er sein

Pferd geradewegs den Hang hinauf und überwand ihn mit drei Sprüngen.

»Guten Morgen«, sagte er und stieg von seinem Pferd, einem feuerroten Hengst namens Orion, der sogleich die prächtigen Kräuter abzugrasen begann, die unter seiner Nase wuchsen.

»Guten Morgen«, sagte Rosamond, und sie war so überrascht, daß sie ihren Rocksaum fallen ließ, so daß die Kräuter, die sie gesammelt hatte, in alle Winde verstreut wurden.

»Das ist ein prächtiges Kleid, das du bei der Arbeit verschleißt«, sagte Jamie mit einem begehrlichen Leuchten in den Augen.

»Alle meine Kleider sind wie dieses«, sagte Rosamond. »Dies ist bloß das schlechteste aus meinem Schrank, und deshalb kümmert's mich nicht, was mit ihm geschieht.«

»Dann ist heute dein Glückstag; mein Mädchen«, sagte Jamie und beglückte sie mit einem Aufblitzen seiner weißen Zähne. »Also zieh das Kleid aus, das du jetzt trägst, denn ich will es mitnehmen.«

»Und wer hat Ihnen gesagt, daß Sie mich um so etwas bitten dürfen?« rief Rosamond.

»Niemand sagt mir etwas, und niemand braucht mir etwas zu sagen«, erwiderte Jamie, »weil ich ein Räuber bin, und ich gebe mir alle meine Befehle selber.«

Und er nahm sie bei der Hand und führte sie in ein Dickicht grüner Weiden, wo sie von anderen Reisenden oder Banditen, die über den Pfad zogen, nicht gesehen werden konnten.

»Jetzt zieh dein Kleid über den Kopf, mein Schätzchen, denn solange du es am Leibe hast, wirst du keinen Schritt weiter gehn«, sagte er.

»Nun, ich denke, dann muß ich Ihnen das Kleid wohl geben«, sagte Rosamond, »aber nicht ein Stückchen mehr.« »Oh!« flüsterte Böckchen, der hinter dem Busch verborgen lag. »Es ist eine Schande, das Kleid zu nehmen, denn der Unterrock ist viel zu schön.«

Doch Rosamond war so sehr damit beschäftigt die kleinen Nadeln sorgfältig wieder an das Kleid zu stecken, daß sie nichts hörte.

Dann stand sie in ihrem wundervollen Unterrock, ringsum mit Goldfäden bestickt, vor Jamie, und mit einem Mal mußte er auch diesen noch haben.

»Zieh deinen Unterrock aus«, sagte er, »denn der Appetit kommt mit dem Essen.«

Für einen Augenblick traten die Tränen in Rosamonds Augen, und sie sagte zu sich selbst: »Wenn meine Mutter wüßte, daß ich auch den Unterrock hergegeben habe, würde ihr das Herz zerspringen.«

»Oh!« rief Böckchen aus seinem Versteck, »gib niemals den glitzernden Unterrock her, denn darunter bist du viel zu schön!«

Aber in diesem Augenblick war Rosamonds ganze Aufmerksamkeit darauf gerichtet, sich mit ihren Bändern nicht im Dornengestrüpp zu verfangen, und sie hörte nicht das geringste. Dann stand sie vor Jamie in ihren zwei baumwollenen Unterröcken, und er sagte: »Herunter mit dem Zeug, Mädchen, und beeil dich.«

»Wollen Sie mir denn gar nichts lassen?« rief Rosamond und warf hilfesuchende Blicke in alle Richtungen, doch es war niemand da, ihr beizuspringen, obgleich auch Böckchen Ausschau hielt.

»Ich mache keine halben Sachen«, sagte Jamie. »Herunter mit dem, was noch übrig ist.«

»Gott steh mir bei«, sagte Rosamond, die sich gelegentlich ausgemalt hatte, daß so etwas geschehen könnte, und wußte, was da zu sagen war. »Haben Sie denn keine Mutter? Um Ihrer armen Mutter willen, die vielleicht tot im Grabe liegt, wie die meine, flehe ich Sie an, mir meine Unterwäsche zu lassen.«

»Ja, ich habe eine Mutter«, erwiderte Jamie, »aber wie sich das mit meiner Mutter auch verhalten mag, oder mit deiner, ich werde dich trotzdem splitterfasernackt zurücklassen, denn ich will nun mal alles haben.«

Also zog Rosamond ihren ersten Unterrock aus. »Vielleicht wissen Sie nicht«, sagte sie, »daß ich einen Vater habe, der hundert Indianer und außerdem zwanzig Banditen getötet hat, und daß meine sieben Brüder sich allesamt in bester körperlicher Verfassung befinden. Sie werden über Sie herfallen, da können Sie sicher sein, und Sie, bevor Sie eine Stunde geritten sind, an einem Baum aufknüpfen.«

»Dann werde ich es mit allen acht aufnehmen, wenn sie kommen«, sagte Jamie und zückte seinen niedlichen kleinen Dolch. »Runter mit dem letzten Fetzen«, sagte er, »denn ich muß mich beeilen, wenn ein Vater und sieben Söhne darauf warten, daß zur Jagd geblasen wird.«

»Oh!« sagte Böckchen hinter dem Busch. »Jetzt ist es um dich geschehen, und meine Arbeit ist getan. Ich könnte ebensogut nach Hause gehn.«

Rosamond jedoch, die sich vorgestellt hatte, daß solche Dinge zuweilen auf der Welt vorkamen und was sie tun würde, wenn sie geschahen, griff in ihr Haar, zog die Nadeln heraus, und ihre langen, goldenen Flechten fielen fast bis auf die Erde herab, doch nicht ganz, weil sie noch sehr jung war. Und was die Seufzer des kleinen Böckchen angeht, so war sie so sehr damit beschäftigt, sich vorzustellen, wie sie ohne einen Faden am Leib aussah, daß sie noch nicht einmal einen Donnerschlag gehört hätte.

»Dann vielen Dank«, sagte Jamie, las alle Kleider aus dem Gras auf, ohne die goldenen Haarspangen aus Frankreich zu vergessen, die ringsum verstreut waren. »Warte mal«, sagte er, »was wäre dir lieber? Soll ich dich mit meinem kleinen Dolch töten, um deinen Namen vor Schande zu bewahren, oder möchtest du nackt nach Hause gehen?«

»Oh«, rief Böckchen, »verloren bist du auf jeden Fall, doch wenn du dich jetzt von ihm töten läßt, bekomme ich ein Ferkel.«

»Nun, Sir, das Leben ist süß«, sagte Rosamond und sah ihm durch die beiden Haarvorhänge gerade ins Gesicht, »und bevor ich durch die Schärfe Eures Schwertes sterbe, gehe ich jederzeit nackt nach Hause.«

»Dann lebe wohl«, sagte Jamie, sprang auf sein Pferd, und mit einem »Viel Erfolg!« ritt er fort und ließ sie stehen, wo sie war.

Als Rosamond nach Hause kam, stand die Sonne hoch am Himmel, und ihr Vater und ihre Stiefmutter saßen zu beiden Seiten der Haustür in ihren Sesseln.

Salome sagte: »Rosamond, gib Antwort! Wo sind die Kräuter, die du mir bringen solltest?«

Doch ihr Vater sagte: »Um Gottes willen, das Kind ist ja nackt wie ein Huhn in der Mauser.«

Und er hielt sie fest und fragte sie, was ihr, um Himmels Willen, zugestoßen sei.

»Gut«, sagte Rosamond, »ich werde es dir erzählen.«

Doch zuerst warf Clement ihr seinen Pflanzerkittel über, daß ihr Glanz verlosch, und sagte: »Bevor du anfängst, denke daran, daß die Wahrheit kurz ist, denn wenn du jetzt lügst, wirst du an einer Erkältung sterben.« Und die Ohren ihrer Stiefmutter öffneten sich erwartungsvoll wie Purpurwinden dem Sonnenlicht.

Rosamond fing an und sagte: »Jeden Tag gehe ich zum äußersten Ende des Indigo-Feldes auf der anderen Seite des Waldes, um die Kräuter zu holen, die dort wachsen, denn andere will meine Stiefmutter nicht haben.«

»Ja, ja«, sagte Clement gequält, »aber beeil dich mit deiner Geschichte.«

»Das tat ich auch heute«, sagte Rosamond, »ich sammelte die Kräuter, tat sie in meinen Rock, und dabei sang ich dieses Lied:

›Der Mond schien hell, und klar war sein Licht.
›Willkommen‹, sagt sie, ›mein Liebster, mein Stern!
Ich hab dich geliebt ...‹«

»Die anderen Strophen sind jetzt nicht wichtig«, sagte Clement. »Überspringe sie und komm zum Schluß.«

»Ja, am Schluß da kam der Räuber«, sagte Rosamond, »und er ritt auf seinem Pferd den Alten Natchez-Pfad hinauf. Er war sehr groß, und er hatte sich mit Beerensaft das Gesicht beschmiert, damit niemand erkennen konnte, wer er war. Sein Pferd war feuerrot und fing auf der Stelle an, die Spitzen der Kräuter abzurupfen.«

»Gewiß, daran zweifle ich nicht«, sagte Clement. »Aber spann uns nicht auf die Folter. Die Wahrheit ist länger als ich dachte.«

»Also, er sagte ›Guten Morgen‹, und ich sagte ›Guten Morgen‹. Und seine Höflichkeit überraschte mich so sehr, daß ich meinen Rocksaum fallen ließ. Alle Kräuter fielen auf den Boden, und das ist der Grund, warum ich sie nicht mitgebracht habe.«

»Eine glaubhafte Entschuldigung!« sagte Salome, und sie ließ ihre Blicke umherwandern, um nach Böckchen Ausschau zu halten, und ihre Hände ballten sich zu Fäusten, um ihn bei den Hammelbeinen zu packen und seine Geschichte aus ihm herauszuschütteln.

»Was war dann, nach den Begrüßungen?« flehte der bedauernswerte Clement. »Danach muß doch irgendwas geschehen sein, und davon zu hören, macht mir angst.«

»Als nächstes sagte der Räuber ›Das ist ein prächtiges Kleid, das du bei der Arbeit verschleißt‹, denn ich hatte leider, o weh, das Kleid aus New Orleans an«, sagte Rosamond, »und deshalb verdiene ich's nicht, Vater, daß ich je ein neues bekomme.«

Und ihr Vater sagte ebenfalls »0 weh!«, denn nun erfuhr er, was mit dem Kleid geschehen war.

»Nun denn«, sagte Rosamond, »um es mit einem Wort zu sagen: der Räuber hat's mir weggenommen, und nicht nur mein Kleid, sondern auch meinen Unterrock mit den goldenen Bändern, meine baumwollenen Unterröcke und, obwohl ich ihn im Namen seiner Mutter bat, davon Abstand zu nehmen, meine Unterwäsche.«

»Und hat er dich dann zufriedengelassen?« rief Clement. »Er ließ mich zufrieden«, sagte Rosamond, »obwohl ich mir nicht ganz sicher war, was er tun würde, als ich mein Haar herunterließ, das, so wie es ist, vielleicht noch nicht lang genug ist, obwohl ich's jeden Abend bürste.«

Und zuerst glaubten sie ihr nicht, doch bis zum Einbruch der Dunkelheit erzählte sie die Geschichte mindestens siebenmal auf die gleiche Weise, bis ihnen nichts anderes übrigblieb, als ihr zu glauben, sonst hätten sie sich ja gleich in den Brunnen stürzen können.

Als er von der Wahrheit ihrer Geschichte überzeugt war, sprang Clement augenblicklich auf die Füße und rief: »Wohin ist der Kerl geritten? Ich werde ihn verfolgen und ihn für seine Tat an einem Baum aufknüpfen!«

»Ich gab ihm mein Wort, daß du das auch tun würdest, Vater«, sagte Rosamond, »aber er erwiderte, du bräuchtest dein Pferd gar nicht erst zu satteln, weil er die Absicht hätte, den Fluß zu überqueren und in die Wildnis von Louisiana zu reiten, wo du ihn nie kriegen würdest.«

Nichtsdestotrotz sattelte Clement sein Pferd, ritt die

ganze Nacht und hielt Ausschau nach dem Räuber und fand nichts außer Finsternis und Kälte.

Doch zu Salome sagte er: »Es gibt da etwas, womit der Räuber nicht rechnet, und zwar dies: Ich kenne den Mann, der ihn fangen kann, wenn ich es nicht kann, den Mann, der das Köpfchen dazu hat, den Mut und den richtigen Paß. Und das ist Jamie Lockhart, der Mann, der mir im Gasthaus in Rodney das Leben gerettet hat. Und er ist auch der richtige Mann, die Ehre meiner Tochter wiederherzustellen.«

»Aber woher wissen wir, daß unsere Tochter ihre Unschuld bewahrt hat?« fragte Salome, die beim bloßen Gedanken an Hilfe mit den Zähnen knirschte. »Räuber, Panther und dergleichen, wahrhaftig! Der Panther trägt sie behutsam in seinem Maul und setzt sie unbeschädigt wieder ab, und der Bandit nimmt ihr jeden Fetzen weg, den sie am Leibe trägt, und läßt sie unberührt. Das muß einem doch zu denken geben, lieber Gemahl!«

»Hüte deine Zunge, Weib!« rief Clement wütend, und dieses Mal fragte er sich, ob die Stiefmutter sein kleines Mädchen wirklich liebte. Etwas schien die Luft zu erfüllen wie eine schwarze Wolke, und das Haus erbebte wie unter einem Donnerschlag.

Als Rosamond erschien, in ihr altes blaues Gewand gekleidet, fragte Clement sie zum letzten Mal, ob sie ganz gewiß nicht in den sumpfigen Flußarm gefallen und ihr Kleid so naß geworden sei, daß sie es mitsamt den Unterröcken zum Trocknen am Ufer habe zurücklassen müssen, wo es vielleicht immer noch liege.

Doch Rosamond sagte: »Nein, Vater, es war ein Räuber, der mir die Kleider weggenommen hat. Alles hat sich so zugetragen, wie ich es dir erzählt habe.«

Darauf sagte Clement: »Sonntagabend, das ist morgen, bringe ich Jamie Lockhart her, damit er den Räuber aus den Wäldern aufstöbert und tötet. Doch in der Zwischenzeit meide den Ort, wo die Suppenkräuter wachsen, und geh nie wieder dorthin. Beim nächsten Mal könnte der Räuber dir Schlimmeres antun.«

Rosamond jedoch öffnete bloß das Fenster und sang ein Lied, das in der hellen blauen Luft davonschwebte.

Kehren wir noch einmal zu den Kräutern zurück. Böckchen hatte alles gesehen, und nichts war ihm entgangen. Doch zum Schluß, als er hier Rosamond und dort ihre Kleider erblickte, hatte er sich darüber klar werden müssen, wem er folgen wollte, und er hatte sich für die Kleider entschieden. Es war offensichtlich: Die Kleider hatten Geld gekostet, das Rosamond nicht besaß, und nicht zuletzt beeinflußte ihn auch die Wahl, die der Räuber in diesem Falle getroffen hatte. Und, nebenbei gesagt, Böckchen hütete sich davor, in Gegenwart unbekleideter Damen nicht die Hand vor die Augen zu legen, weil ihm sonst der Pranger drohte, und so blieb er davor bewahrt, auf dem Heimweg in die Dornen zu fallen.

Der Räuber war schnell wie der Wind davongaloppiert und war ein Pünktchen auf dem Berg, darum beeilte sich Böckchen, ihm zu folgen. Er lief den Natchez-Pfad hinauf und hielt Ausschau nach dem Kleid, und einmal glaubte er, es im Bach treiben zu sehen, doch es war nur ein Seerosenblatt, und ein anderes Mal meinte er es am Himmel fliegen zu sehen, doch dann hörte er ein fernes Muhen, und es war bloß die alte fliegende Geisterkuh, die vorübersegelte. So kehrte er denn um und kam nach einem Tag bitteren Hungers nach Haus zurück.

Die Tür war verschlossen, aber er bockte sich seinen Weg in die Küche, nahm einen Laib Brot vom Backblech und stopfte ihn in den Mund.

»Hallo, Mutter«, sagte er, »da bin ich wieder.«

»Oh, nichts als Kummer und Sorgen«, sagte seine Mutter. »Hast du ein bißchen Geld mitgebracht?«

»Nein«, sagte er, »aber ich brauche bloß die reiche Dame darum zu bitten, denn ich erledige eine Arbeit für sie, und sie ist mir was schuldig.«

»Bist du sicher, daß sie reich ist«, sagte die Mutter, »wo sie dir doch nichts gezahlt hat?«

»Um so sicherer«, sagte Böckchen. »Reich ist sie, und das ist ihr Glück, denn sie ist so groß wie ein Haus, so finster wie ein Brunnenschacht und so alt wie die Berge, und sie hat ein Gesicht, dessen Anblick jeden vor Lachen oder Weinen um die Ecke bringt, der sonst nichts anderes zu tun hat.«

»Dann wirst du gut daran tun, dein Geld von ihr zu fordern«, sagte die Mutter. »Und hol's dir rasch, sonst werde ich dir die Bratpfanne über den Schädel schlagen, denn du bist kaum ein Trost für mich auf meine alten Tage.«

»Ich mach mich auf den Weg, sobald ich die Neuigkeiten gehört habe«, sagte Böckchen. »Wie steht's denn? Sind meine sechs Schwestern schon unter der Haube?«

»Nicht mehr, als sie's vorher waren oder je sein werden«, sagte die Mutter, »und sie sitzen ohne einen Pfennig da.«

»Nun, du brauchst bloß zu warten, bis ich das Geld heimbringe, dann wirst du sehen, welche Wunder es bewirkt«, sagte Böckchen. »Sag den sechs Jungfrauen, sie sollen reinkommen und sich ein bißchen aufpolieren. Pack ihre Kleider zusammen, setze sie auf ihre Stühle und warte auf meine Rückkehr.«

Dann stob er den Hügel hinauf, stieß einen Pfiff aus, und Salome kam, mit einer Kapuze verhüllt, heraus und führte ihn zwischen die Birnbäume, deren tiefhängende Äste sie verbargen.

»Nun«, sagte sie, »bist du ihr gefolgt?«

»So brav wie ein Lamm«, sagte Böckchen.

»Du hast alles mitangesehen?«

»Ich habe gerade nur einmal geblinzelt«, sagte Böckchen.

»Was geschah in dem Augenblick, als sie nackt dastand?« fragte Salome, die gleich vor Neugier platzte.

»Oh, da habe ich die Augen zugemacht«, sagte Böckchen und wirbelte, vor ihrer finsteren Miene zurückweichend, im Kreis herum. »Denn ich werde mich nie an den Pranger stellen lassen und darauf warten, daß *Sie* mich herausholen.«

»Warum hab ich dir nicht den Hals umgedreht?« schrie Salome wütend. »Esel! Dummkopf! Und dann bist du ihr weiterhin gefolgt? Welchen Heimweg hat sie genommen?«

»Ich folgte dem Mädchen, bis sie und das Kleid sich voneinander trennten und verschiedene Wege gingen«, sagte Böckchen. »Und weil er sich für das Kleid entschied, tat ich's auch, und blieb ihm dicht auf den Fersen, doch es entkam mir. Doch jetzt fällt mir ein Platz ein, wo ich nicht nachgesehen habe, und das ist Ihre Bärengrube.«

»Dummkopf!« schrie Salome. »Ich hab dich ausgeschickt, dem Mädchen zu folgen, und nun ist das passiert, was ich erhofft habe, und du schaust weg! Du hast mich um meine Genugtuung gebracht und um meinen Beweis. Idiot! Verschwinde!« Denn genau wie seine eigene Mutter wußte sie, wie man mit dem Burschen reden mußte.

»Erst möchte ich mein Geld«, sagte Böckchen.

»Hier hast du's«, sagte Salome und fing an, ihn weidlich hinter die Ohren zu schlagen.

»Das reicht«, sagte Böckchen, »so schwer hab ich nun auch wieder nicht gearbeitet.«

»Ich will dir Gelegenheit geben, es wiedergutzumachen«, sagte Salome. »Ich denke, das Mädchen wird am Morgen abermals hinausgehen. Folge ihm und laß es keine Sekunde aus den Augen. Und was immer passiert, präge es dir ein, als wäre es niedergeschrieben und du könntest lesen, und dann komm zurück und erzähl es mir.«

»Ist schon so gut wie erledigt«, sagte Böckchen und sprang plötzlich in ein schützendes Gebüsch.

Früh am nächsten Morgen, bevor die Sonne aufgegangen war, weckte die Stiefmutter Rosamond und schüttelte sie, bis dem Mädchen die Knochen klapperten.

»Raus aus den Federn, faules Ding«, sagte sie. »Dein Vater ist schon unterwegs nach Rodney. Er kauft von Vater O'Connell den Whisky, den Jamie Lockhart heute abend trinken soll, wenn er ihn zum Abendessen mitbringt, und er hat dich unter meiner Aufsicht gelassen. Also steh auf und melke die Kühe.«

»Warum melken nicht die Sklaven die Kühe? Sie tun es doch jeden Tag, und ich hab's noch nie gemacht«, sagte Rosamond, denn ihr wollte scheinen, daß sie ihren Traum noch nicht ganz zu Ende geträumt hatte.

»Schweig!« rief die Stiefmutter. »Ich bestrafe dich für das, was gestern geschehen ist, du blödes Ding. Hast du das schon vergessen?«

Also stand Rosamond auf, und während sie sich das Haar kämmte und zusammenband, stahl sich die Stiefmutter mit dem kleinen Medaillon an der Silberkette davon, das der Mutter des Mädchens gehört hatte, und Rosamond bemerkte es nicht. Dann huschte Salome in ihr Zimmer und beäugte ihre Beute wie eine Elster.

Rosamond zog sich an, sagte ihre Gebete her, und dann war sie draußen im Pferch und molk die Kühe. Doch sie stellte fest, daß sie sich überhaupt keine Sorgen zu machen brauchte, denn die Tiere ließen sich alles gefallen: Sie konnte ihren Kopf gegen ihre weichen Stirnen lehnen, wo die Hörner schimmernd wie Mondsicheln aufragten, und sie leckten ihr mit ihren warmen Zungen die Wangen, und nicht eine stieß sie um, weil sie nicht wußte, wie man eine Kuh molk, sondern alle ließen sie gewähren.

Als der Hahn auf dem First krähte, kam Rosamond um das Haus gegangen und trug den Eimer, in dem schäumend die Milch schwappte. Der Duft der Nacht war noch nicht in die Wälder zurückgekehrt; und ein Stern schimmerte im ersten Tageslicht. Vor ihr war das Tor, und sie berührte es und stieß es auf und schritt hindurch, und oben schaute etwas Dunkles vom Fenster hinunter, ihre Stiefmutter oder die Katze.

Bevor sie zur Besinnung kam, fand sich Rosamond am Waldrand wieder, und mit dem nächsten Schritt verlor sie das Haus aus den Augen. Und immer noch trug sie den Milcheimer.

Es war so früh, daß das Grün noch zögerte, sich in den Baumwipfeln niederzulassen, doch es schien bereits zitternd die Luft zu färben. Einmal rief ein Kardinalvogel, denn auch er war in der Dunkelheit geweckt worden und hatte sich bloß dazu nötigen lassen, diesen einen Ton zu singen, bevor das bunte Licht des Tags ihm wieder das alte Lied eingeben würde. Doch Rosamond ließ sich dadurch nicht zum Singen verleiten, sondern ging tiefer und tiefer in den Wald hinein.

Die nächsten Geräusche, die sie vernahm, waren ferne Hufschläge, die, anrollenden Wellen gleich, sich an der aufgehenden Sonne brachen. Jamie Lockhart war's, der dort nahte, auf seinem feuerroten Orion, derselbe abgerissene Räuber, der er gestern gewesen war. Stracks ritt er auf sie zu, griff mit den Armen hinab und hob sie mitsamt dem Milcheimer in den Sattel und hielt dabei kaum inne in seinem Ritt.

Den Bergrücken hinauf ritten sie, und ein Nebelstrom umkreiselte sie. Dann kam er zur Ruhe und zog in die Senken hinab. Die dunklen Zedern entsprangen der schwarzen Schlucht, die schwerbehangenen Obstbäume glommen über ihnen am Rand und wurden wieder von den Zedern verdeckt. Der Morgenhimmel schob sich langsam dahin wie eine dunkle Welle, die sie jagten, doch sie tönte wie Donner. Wieder und wieder schien derselbe Berg sich dem galoppierenden Pferd entgegenzuwölben. Darüber und darunter erklang ein zweites Geräusch wie von Pferden, die ihnen folgten – war's ihr Vater oder ein Echo? – und schneller und schneller, je rascher sie ritten.

Rosamonds Haare lagen ausgebreitet hinter ihr, und auch Jamies Haar flatterte. Das Pferd war es, das alles in der Gewalt hatte. Wie ein Pfeil schoß es dahin, und die Entfernung wuchs, und die dunklen Wälder schlossen sich hinter ihm. An Rosamonds Arm hing der Eimer voll Milch, doch sie ritten so sanft, daß nicht ein einziger Tropfen verschüttet wurde. Rosamonds Umhang blähte sich im Wind, und dann, im einzigen Augenblick der Ruhe, mitten im Sprung, löste er sich von ihrer Schulter wie ein großer Vogel und fiel weiter unten zu Boden. Rot wie Blut ritt das Roß über den Grat, Mähne und Schweif waagrecht im Wind, und es war die schnellste Entführung, die es jemals in diesem Teil des Landes gegeben hatte.

Vögel schwirrten auf wie Funken von einem Feuerstein. Näher und näher kamen sie dem Fluß, dem höchsten Punkt des Ufers. Goldene Blätter überschäumten die Weidenbäume. Straff wie ein Seil über den Grat zog sich der Pfad höher und höher hinauf. Rosamonds Kopf fiel zurück, bis nur noch die Baumwipfel in ihren Augen glitzerten, die sie einfingen wie zwei Spiegel. Dann bestieg die Sonne die Morgenwolke, erleuchtete das Steilufer und dann das Tal, das sich öffnete und den Blick auf den Fluß freigab, der unter einem zweiten Nebelstrom hervorschimmerte, gewunden und mit allen Farben der Blüten. Dann stand das rote Pferd reglos da, und Jamie Lockhart hob Rosamond aus dem Sattel. Wildpflaumenbäume wie ziehender Rauch trennten ihn vom Fluß, doch er knickte die Zweige, und die Pflaumen regneten nieder, als er sie hindurchtrug. Er blieb stehen und bettete sie auf die Erde, dort wo tief unten der Fluß langsam wie Treibsand strömte, und raubte ihr das, was er ihr am Tage zuvor gelassen hatte.

Als nun Rosamond von diesem Ausflug zurückkehrte, war das erste, was Salome sie fragte: »Also, wo ist die Milch?«

Rosamond, in deren Kopf sich ein Mühlrad drehte und die noch nicht gefrühstückt hatte, antwortete: »Ich glaube, das rote Pferd hat sie ausgetrunken.«

Da wußte ihre Stiefmutter alles. »Du brauchst mir die Geschichte jetzt nicht zu erzählen«, sagte sie, »denn ich könnte sie dir ebensogut erzählen.‹, Und sie leckte sich die Lippen wie ein Bär, der gerade leckeren Honig gekostet hat. Darauf gab sie dem Mädchen eine Ohrfeige und zerrte es an den Haaren ins Haus und trieb es zu Besen und Eimer und musterte es von Kopf bis Fuß und überlegte, was sie ihm antun könnte. Und es war schlimm genug, was sie den Tag lang mit Rosamond anstellte.

»Das Haus muß makellos sauber sein, bevor der Fremde kommt«, sagte sie, »und heute abend kommt Jamie Lockhart, um dich von diesem Unhold zu befreien, obgleich es dafür schon ein wenig spät am Tag ist. Und folglich ist es deine Sache, die Dielen zu schrubben, das Silberzeug und die Kerzenständer zu putzen und für neue Kerzen zu sorgen, den Ofen auszufegen, den Tisch zu decken und Wasser zu holen, das Geflügel zu rupfen, das Ferkel zu fangen und zu braten und Brot in der Asche zu backen.«

Doch falls sie gedacht hatte, Rosamond würde aufbegehren, hatte sie sich arg getäuscht. Das Mädchen beklagte sich nicht ein einziges Mal und ertrug Schläge und Schelte mit dem Gleichmut eines Indianerweibs, und es war ihm gleich, wie es aussah.

»Ja, Stiefmutter«, sagte Rosamond jedesmal und machte sich ans Werk, als gelte es bloß eine Nadel einzufädeln.

In der Dunkelheit kam Clement aus Rodney nach Hause geritten, und bei ihm war Jamie Lockhart.

Salome empfing sie an der Tür, wie ein Paradiesvogel

herausgeputzt und mit hochhackigen Schuhen, um sich größer zu machen. Sie hatte sich derart mit Schmuck behängt, daß sie von Kleinoden starrte wie ein Stachelschwein von Stacheln. Also zog Jamie sogleich seine Geschenke hervor. Salome hatte er eine kleine goldene Schnupftabakdose mitgebracht, und damit hatte er genau das Richtige getroffen.

Darauf rief Salome aus vollem Halse Rosamond aus der Küche herein, und falls sie gedacht hatte, das Mädchen hätte sich für Jamie Lockhart schön gemacht, so hatte sie sich arg getäuscht. Denn Rosamond bot einen erbärmlichen Anblick, das ganze Haar voller Asche, beide Wangen von Ruß geschwärzt, die Zunge heraushängend und das Kleid fransig und von der Glut versengt, und im ganzen genommen sah sie aus wie ein bedauernswertes Geschöpf, das nicht ganz bei Trost ist und nur im Kreis herumlaufen kann.

So also erblickte Jamie Rosamond, und sie erkannten sich nicht um alles in der Welt, denn das Blatt hatte sich gewendet; dieses Mal war er zu sauber, und sie war zu schmutzig. Man hätte glauben können, niemals auf Erden hätte ein Liebespaar sich weniger an eine vergangene Begegnung erinnert als Jamie und Rosamond. Deshalb warf er ihr einen Blick zu, als sei sie ein Haken an der Wand, an den er seinen Hut, besäße er nur einen, gehängt hätte. In keiner Sekunde ging ihm auf, daß sie die wahre Quelle war, von der er getrunken hatte, und er überreichte ihr sein Geschenk, das in nichts anderem bestand als den Nadeln ihres schönen Kleides, das er ihr gestohlen hatte.

Rosamond, zerlumpt und schmutzig, wie sie war, stand wie angewurzelt da, so daß Clement für sie sprechen mußte.

»Herzlichen Dank«, sagte er. »Das süße, kleine Ding kann Nadeln gewiß gut brauchen, denn sie hat die ihren alle verloren. Doch das erzähle ich Ihnen beim Whisky.«

Rosamond hingegen blinzelte nur mit den Augen und sperrte ihren Mund auf. Was Jamie anging, er glänzte wie die Sonne vor Sauberkeit, Jugendlichkeit, Klugheit und Zufriedenheit, und, befreit von Schmutz und Beerensaft, hatte er mit dem Bild eines Räubers nicht das geringste gemein. So wie Jamie nicht erkannte, daß seine entführte Schönheit vor ihm stand, so wenig fand Rosamond die besonderen Kennzeichen ihres dunklen Liebhabers an ihm wieder, und daran gab's nichts zu deuteln.

Jamie, der nach dem Richtspruch »Zuerst nehmen, dann fragen« lebte, hatte keine Ahnung, wer Rosamond war oder wo sie mit ihrem Vater und den sieben rachsüchtigen Brüdern lebte, und hatte sich vorgenommen, dies alles bei seinem nächsten Ritt zum Indigo-Feld herauszufinden, da er, seiner Gewohnheit entsprechend, seine Zeit immer nur einer Sache widmete. Im übrigen hatte er entweder die Liebe oder das Geschäft im Kopf, doch niemals beides gleichzeitig, und heute abend war er geschäftlich hier. Denn beim ersten Mal hatte er Clement nicht gehen lassen ohne den Vorsatz, sich wieder an ihn heranzumachen und mehr in Erfahrung zu bringen. Er ging ein wenig im Zimmer umher und begann zu überschlagen, wieviel dieser Mann wohl wert sein mochte, nur für den Fall, daß er das ganze Vermögen in die Finger bekäme.

Darauf sagte Salome zu Rosamond, sie solle sich mit dem Auftragen der Speisen beeilen, und das Mädchen tat's, so wie es war, in seinen Lumpen. Mit ihren eigenen Händen breitete Rosamond das üppige Mal auf dem Tisch aus und stand wie eine Dienerin daneben, während die anderen aßen und aßen, und sorgte dafür, daß Jamies Glas bis zum Rand, ja bis zum Überfließen gefüllt war. Und zwischendurch lief sie um den Tisch herum und wedelte mit dem Fächer aus Pfauenfedern, um die Fliegen zu verscheuchen – doch so ungeschickt, daß sie Jamie Lockhart ein- oder zweimal einen Schlag auf den Kopf versetzte. Und einmal, als sie einen Schöpflöffel voll Bratensoße in Jamies Schoß leerte, war Clement beinahe überzeugt, daß seine arme Tochter sich gar nicht helfen lassen wollte. Und kein einziges Mal sagte sie »Verzeihen Sie bitte« zu ihm.

Immer, wenn Clement sagte »Warum setzt du dich nicht auf deinen Stuhl und läßt das Hausmädchen aufwarten?« zog sie sich einfach zurück, bis ihre Stiefmutter schließlich sagte: »Zweifellos tut sie's aus eigenem Antrieb, um dir Gelegenheit zu geben, dich zu unterhalten, denn es ist für sie eine kitzlige Sache, von einem Banditen befreit zu werden, und so etwas hat sie noch nie erlebt.« Und Jamie zuckte nicht mit der Wimper, was die alte Frau dazu veranlaßte, sich auf die Lippen zu beißen.

»Nun laß uns allein, Frau, denn es ist Zeit für ein ernstes Gespräch unter Männern«, sagte Clement.

Dann erzählte Clement Jamie Lockhart alles – das heißt alles, was er selber wußte, denn die wahre Frucht der Erkenntnis hatte er noch nicht geerntet. Und Jamie, als er erfuhr, daß irgendein Bandit irgendeinem Töchterchen, irgendwo im wilden Wald die Kleider gestohlen hatte, dachte, sein Ruhm müsse sich wahrhaftig herumgesprochen haben, wenn der Rest der Welt ihm seine Heldentaten bereits nachmachte.

»Wollen Sie das arme Mädchen vor diesem Räuber retten, mein Freund?« fragte Clement. »Ich verspreche Ihnen eine beträchtliche Belohnung, wenn Sie diese Bedrohung unserer Weiblichkeit ausfindig machen und von dieser Welt verschwinden lassen.«

»Eine solche Bitte kann mich nicht gleichgültig lassen«, sagte Jamie. »An was für eine Belohnung hatten Sie gedacht?«

»Befreien Sie meine Tochter«, sagte Clement, »und sie ist die Ihre.«

Da fuhr es Jamie durch die Glieder, versichere ich euch, als er an den erbärmlichen Trampel denken mußte, der einen Fächer aus Pfauenfedern auf seinem Schädel hatte tanzen lassen, als sei er bereits mit ihm verheiratet. Er blickte zur Seite wie ein Pferd, das Treibsand durchqueren soll, und im nächsten Augenblick sprang er auf und sagte: »Ich muß erst mal darüber nachdenken, denn ich bin ein vielbeschäftigter Mann.« Und er begann auf und ab zu gehen.

Salome, deren Ohr am Türspalt geklebt hatte, kam herein, nahm ihn ein wenig beim Arm und zwinkerte ihm vertraulich zu, und sie erzählte ihm von Rosamonds schrecklichem Hochmut, ihrer Selbstgefälligkeit, und wie sehr sie eine Lektion brauche, und diese Töne behagten Jamie nicht.

Darauf nahm Clement seinen anderen Arm und sagte, daß ein so süßes und reines Geschöpf wie seine Tochter, das den lieben langen Tag singe und heute abend nur so verändert ausgesehen habe, weil zweifellos in der Küche etwas schief gegangen sei, für sich genommen eine größere Belohnung sei als sein Haus und seine Ländereien zusammen, und diese Töne behagten Jamie ebenfalls nicht.

Dann trat Rosamond selbst auf den Plan, steckte den Finger in den Mund wie eine langhosige Göre aus einem Planwagen und sagte:

»Hier steh ich, zerlumpt und mit Dreck an der Schnute!
Und küßt du mich nicht, renn ich weg wie 'ne Pute!«

Und als er es tat, war ihr Mund mit Senf beschmiert. Und das reichte ihm vollends.

»Vielleicht«, dachte Jamie bei sich, während er auf und ab schritt, »sollte ich sie heiraten, denn sie ist reich und wird noch reicher werden und dann sterben, und der, der warten kann, kriegt am Ende alles, doch das ist nicht mein Ernst. Warum, zum Teufel, kann sie nicht so schön sein wie dieses Stückchen Zuckerrohr, das ich im Wald aufgelesen habe? Und es ist leider nicht so, daß er mehrere Töchter zur Auswahl hätte, sondern er hat nur diese eine.« Er grübelte weiter und sagte bei sich: »Die Frau eines erfolgreichen Räubers sollte eine Dame sein, die feine Kleider und Schmuck zu tragen versteht, eine Erscheinung, die in der Welt etwas darstellt, wenn wir nach New Orleans gehen, und sie sollte alle vor Neid rasend machen. Dieses junge Ding, wenn auch reich, ist bloß ein Kind mit einem schmutzigen Gesicht, stumm wie ein Fisch und nicht ganz richtig im Kopf.«

Doch von all dem abgesehen, ist es eine Tatsache, daß Jamie in seinem Herzen von nichts geringerem als von wahrer Liebe träumte – von Schleiern und Rosen und dergleichen, obwohl er über diesen Punkt niemals mit sich selbst Zwiesprache hielt und dies keiner Menschenseele anvertraute. Und da er ein Mann war, der immancherlei Geschäften nachging, hatte er, wann immer die Gelegenheit sich als günstig erwies, für diese große Unbekannte einen Schatz an Kleidern und Edelsteinen zusammengetragen, mit dem eine Königin sich hätte herausputzen können und den man vermissen würde, wenn eine Königin ihn ablegen würde. Doch mit der Verwirklichung dieses Traums auf Erden ließ sich Jamie bis zum letzten Augenblick Zeit, und bis jetzt hatte er nichts dazu getan, ausgenommen den heutigen Morgen; trotzdem haßte er den Gedanken, seinen Schatz zu verschwenden.

»Wie lautet Ihre Antwort?« fragte Clement.

»Nun gut, ich werde sie retten, und dann werde ich sie heiraten«, sagte Jamie, »aber nicht sofort; denn heute nacht muß ich weit reiten. Ich werd's morgen erledigen.«

Clement ergriff Jamies Hand und schüttelte sie, unfähig; ihm zu danken. Dann streckte die Stiefmutter ihm die Hand entgegen, als wollte sie ihn wie eine städtische Dame zum Handkuß auffordern, und als er sich niederbeugte, um ihr diesen Gefallen zu tun, erblickte sie einen kleinen Spritzer Beerensaft, der hinter Jamies Ohr klebte. Und auf diese Weise erriet sie alles.

»Ich möchte wissen, was für Geschenke er beim nächsten Mal mitbringen wird«, sagte sie in lautem Flüsterton.

Das machte Clement wütend, und er sagte zu ihr: »Du wirst feststellen, daß Männer, die so großzügig sind wie er, das Bedürfnis haben, sich etwas auszuwählen, das ihnen ebenbürtig ist.«

Darauf winkte Jamie ihnen zu, und, allein und bis jetzt mit leeren Händen, ritt er im trügerischen Mondlicht unter den verschlungenen Ästen der Bäume davon, einem Ziel entgegen, das niemand kannte.

3

Nun, da Jamie ihr tatsächlich die Ehre genommen hatte, begann Rosamond ein tiefes, wachsendes Mitleid für ihn zu empfinden. Und gleich am nächsten Morgen, nachdem er unerkannt zum Abendessen gekommen war, verließ sie, mit einem kleinen Kuchen als Wegzehrung, den sie extra gebacken hatte, das Haus, um herauszufinden, wo er wohnte. Oben vom Fenster blickte jemand ihr nach – es war entweder ihre Stiefmutter oder die Katze. Rosamond vergaß das Robinien-Gehölz, denn ihr Weg führte in eine andere Richtung.

Wie schön es war in den wilden Wäldern! Schwarze und grüne Weiden, Zypressen, Pecanobäume, Trompetenbäume, Magnolien, Dattelpflaumen, Pfirsichbäume, Hartriegel, wilde Pflaumenbäume, Wildkirschen, Fächerpalmen, Granatapfelbäume, Mimosen und Tulpenbäume wuchsen, wohin man auch sah, golden-grün in den schweren letzten Tagen des Sommers. Hoch über ihr sang ein Kuckuck. Eine Wachtel, aufgeplustert wie eine Königin, überquerte mit ihren Jungen den überwachsenen Pfad. Ein Schwarm Kardinalvögel stob auf aus dem Stechapfelbusch wie ein sich öffnender Fächer. Der Fuchs lugte aus seiner Höhle.

Und weiter und weiter ging sie, tiefer und tiefer in den Wald hinein, und seine lebendige Stimme war überall. Hinter sich hörte sie etwas, doch es war bloß ein Specht, der mit seinem Elfenbeinschnabel hämmerte. Sie glaubte, ein Indianer sei in der Nähe, doch es war nur ein Hirsch, der sie so eindringlich anstarrte. Ein anderes Mal meinte sie ein kleines Kind weinen zu hören, doch es war eine Wildkatze, tief im Zuckerrohr.

Endlich durchquerte sie eine dunkle Schlucht und kam zu einem Fleck, wo zwei lange Reihen schwarzer Zedern standen, die zu einem Haus führten, dessen Tür offen stand. Es war ein kleines Haus, nicht so hübsch wie das ihre, aus Zederstämmen sorglich zusammengefügt, und es sah zum Anbeißen aus.

Also begann sie den Weg hinaufzugehen, den Kuchen in den Händen, und als sie so dahinschritt, hörte sie eine Stimme sagen:

»Kehr um, mein Liebling,
Geh zurück nach Haus.«

Und ein Rabe war dort in einem Käfig, der am Fenster hing.

Aber sie ging weiter, bis sie vors Haus kam, und dann stieg sie hinauf und klopfte schüchtern an die Tür. Doch obwohl sie ihre Ohren anstrengte, war keine Antwort zu hören. Darum schaute sie durchs Fenster und dann durch die Tür, aber alles war dunkel, und sie konnte nichts erkennen. Also trat sie ein.

»Ist jemand zu Hause?« rief sie.

Doch falls es eine Antwort gab, konnte sie diese nicht hören, und so ging sie durch das Haus, von einem Zimmer ins andere. Sie nahm eine Kerze aus ihrer Schürze und trug sie leuchtend vor sich her. Doch keine Menschenseele war da, bis auf den Raben in dem Käfig, der, als er sie mit seinen hellen Augen anblickte, wiederholte:

»Kehr um, mein Liebling,
Geh zurück nach Haus.«

»Nichts dergleichen werde ich tun«, sagte Rosamond, die an den Befehlen ihrer Stiefmutter mehr als genug hatte.

Alles war in der größten Unordnung, Beutel und Sättel lagen mitten auf dem Boden, in den Kaminen häuften sich die Aschenreste großer Feuer, als seien sie hastig gelöscht worden. Krüge und lange Messer, Jacken und Stiefel in allen Größen, Talgkerzen und ein wunderschönes goldenes und silbernes Zaumzeug lagen auf einem Haufen. Eine junge Ratte saß aufrecht wie ein Eichhörnchen am Kopfende des Tisches vor einer Reihe schmutziger, geleerter Teller. Und dort, genau in der Mitte des Tisches, dicht neben einer Platte mit dem Kopf eines schwarzen Bären lag Rosamonds schönes grünes Seidenkleid, zu einem rundem Bündel zusammengerollt, als wäre es bloß ein gewöhnliches Stück Wäsche.

Zuallererst schlüpfte sie wieder in ihr schönes Kleid, und dann, weil sie nichts anderes zu tun hatte, rückte sie die Möbel in den Zimmern zurecht, und dann wusch sie das Geschirr ab und die großen Messer, mit denen die Räuber gespeist hatten. Dann hängte sie alles, was sie hochheben konnte, an Haken auf, entfernte die Asche aus der Feuerstelle, ließ sich auf die Knie nieder und scheuerte den Herd, bis er strahlend glänzte. Sie trug Holz herein und zündete ein neues Feuer an, und sie setzte gerade einen Kessel mit Wasser auf, als sie im Hof ein lautes Getrappel hörte: Die Räuber kehrten heim.

Rosamond versteckte sich in der Ecke hinter einem großen Faß, und sie kamen herein, umsprungen von ihren hechelnden, gefleckten Hunden. Jamie Lockhart überragte sie alle, und wie am Tag zuvor war sein Gesicht über und über mit Beerensaft beschmiert. Er war der Anführer.

Kaum hatten sie gesehen, was mit dem Haus geschehen war, blieben sie wie angewurzelt stehen, als hätten sie von hinten einen Schlag auf den Schädel bekommen.

»Was ist das für eine Bescherung?« rief Jamie wütend aus. »Welcher Bandit hat das Haus ausgeraubt?« schrien die andern. »Die Hälfte der Sachen sind weg!«

Dann fuhrwerkten sie umher, stellten das Haus auf den Kopf, schauten unter Tischen, Stühlen und zwischen den Federbetten nach, machten Rosamonds harte Arbeit zunichte, und schließlich fanden sie Rosamond hinter dem Faß, wo sie in ihrem schönen Kleid kauerte und ihren kleinen Kuchen verspeiste.

»Das erste Mal, daß wir fortgehn, ohne eine Wache zurückzulassen, und schon schleicht sich eine Frau herein!« sagten sie. »Tötet sie!« riefen sie.

Und sie wollten gerade damit anfangen, doch sie sagte: »Versucht mal den Kuchen.«

Also nahm jeder von ihnen ein Stück Kuchen, und sie sagte, sie habe ihn selbst gebacken.

Die Räuber fingen an sich zu streiten, was sie nun mit ihr anfangen sollten, doch Jamie, der ihr Anführer war und nicht anders als »der Hauptmann« genannt wurde, sagte: »Damit hat's noch Zeit. Zuerst müssen wir unsere Beute zählen und teilen, denn alles muß seine rechte Ordnung haben.«

Darum setzten sie sich hin, um den Wert von diesem und jenem zu bestimmen, und einer war unter ihnen, der sich alle Zahlen genau merken konnte, und Rosamond mußte warten, bis sie damit fertig waren.

»Also«, sagte Jamie, »was das Mädchen angeht, müssen wir es entweder behalten oder töten, denn eine andere als diese beiden Möglichkeiten gibt es nicht.«

»Tötet sie«, sagte einer, der der kleinste war und das kleinste Stück Kuchen abbekommen hatte.

»Nein, wir wollen sie behalten«, sagten die andern, »denn sie kann für uns kochen und das Feuer hüten.«

»Dann ist's ausgemacht«, sagte Jamie, »laut Beschluß der Bande.« Und nachdem er sie hinausgeschickt hatte, um die Pferde in den Stall zu bringen, packte er Rosamond, küßte sie so wild er nur konnte und sagte, wäre die Abstimmung anders ausgegangen, hätte er jene, die falsch gestimmt hätten, für immer aus dem Weg geräumt, denn hier werde nach seiner Pfeife getanzt.

Also blieb Rosamond und führte den Räubern den Haushalt. Und anfangs war es ein Leben wie in einem Märchenland. Jamie war nur in den Stunden der Nacht bei ihr und ritt vor Anbruch der Morgendämmerung davon, doch er sagte ihr so freundliche und süße Worte, wie sie nur irgend jemand in den Stunden zwischen Sonnenuntergang und Morgendämmerung sagen konnte.

Bei Tage, in der mittäglichen Stille, wenn sie alle fort waren, kochte sie und wusch und backte und scheuerte, und sang alle Lieder, die sie kannte, rückwärts und vorwärts, bis sie keines mehr wußte. So emsig wusch sie die Hemden der Räuber, bis sie vom Waschen ganz fadenscheinig wurden, und dann, eines Abends, brachten sie ihr als Überraschung ein Spinnrad mit nach Hause, das ihnen, nicht ohne große Unannehmlichkeiten, in die Hände gefallen war, und so spann sie und nähte ihnen alles, was sie im kommenden kalten Winter brauchen würden. Sie packte ihnen Essen ein, das sie am Morgen mitnahmen, einen Behälter für jeden, für den Fall, daß sie voneinander getrennt würden, bevor sie sich über einem Feuer von Eichenholz ihr Mittagessen wärmen konnten. Und sie flocht eine Matte aus Rohr und Binsen und gewöhnte die Männer daran, sich an der Tür die Füße abzuputzen, bevor sie ins Haus kamen.

So war der Tag wohl schwer, doch die Nacht machte den Tag vergessen. Wenn der Mond gleich einem Boot durch den Himmel zwischen langen leuchtenden Wolken dahintrieb, die Sandbänke mondlichtübergossen im Strom schwammen und die Sterne wie kleine Fische nach der Nacht schnappten, dann war es Zeit für die Räuber, heimzureiten. Rosamond wartete allein, doch ohne Furcht. Endlich waren sie da, verspeisten ihr warmes Essen, und Jamie kam, ganz erschöpft vom Reiten und Rauben, warf sein Schwert und seine Stiefel von sich und fiel auf das Federbett, wo er sein Haupt auf das weichere Kissen ihres Busens bettete und sein Gesicht sich nach all seinen Abenteuern entspannte.

Doch wenn sie versuchte, ihn mit einer Kerze zu seinem Bett zu geleiten, schlug er sie, bis ihr die Sinne schwanden, und zerrte sie hin. Dennoch, wenn Jamie wie ein Dieb Rosamonds Liebe stahl, so half sie ihm nach Kräften bei dieser Tat und empfand dasselbe Entzücken, wenn er erfolgreich war.

Jede Nacht bat sie ihn, sich die Flecken vom Gesicht zu waschen, damit sie nur einmal sehen könne, wie er wirklich aussehe, und sie schwor, sie sei überzeugt, daß er hübsch sei, doch er tat es nie. Er sagte ihr, daß er die allerbesten Gründe dafür habe und sie damit zufrieden sein müsse. Manchmal erwachte sie aus dem ersten Schlaf und betrachtete aufmerksam sein schlafendes Gesicht, doch sie verstand die Sprache nicht, in der es zu ihr sprach. Und sie blickte dann aus dem Fenster und sah, wie eine Wolke eine Maske über das heimliche Antlitz des Mondes zog, und hörte die jämmerlichen Rufe der Nachttiere. Das genügte, um ihr Furcht einzujagen, als sei die ganze Welt von einer Bande indianischer Wilder eingekreist, und sie schüttelte den armen Jamie, bis er schreiend aus dem Schlaf auffuhr, und sie rüttelte ihn wach, um seine Augen sich öffnen zu sehen. Oft wischte sie ihm den Regen aus dem Gesicht, wenn er heimkam, doch nichts, so schien es, konnte diesen Flecken etwas anhaben. So sehr sie auch rieb, bis er einen Schmerzensschrei ausstieß, die Flecken waren so dunkel wie zuvor. Und manchmal, weil er ihr erzählt hatte, daß er sich an eine reiche Erbin gebunden habe, fürchtete sie, er könne aufstehen und durch das Fenster entfliehen, während sie fest schlief; darum ließ sie ihn nicht fort, bis die Sonne den Damm der Morgenwolken erklomm und dessen Rand überhauchte und die Räuber über den Bergkamm flogen.

Das einzige, was sein Leben von dem ihren trennte, war sein Räuberhandwerk, doch mit seinem anderen Leben, dessen Zeugin sie nicht war, verhielt es sich ebenso, und sie gab sich damit zufrieden, mit allen ihren Kräften das zu lieben, was von ihm sichtbar und gegenwärtig war.

Die Bäume wurden zu Gold unter dem Himmel. Weich, wie aus Träumen gemacht, war das Gras, und das Wehen des Windes war wie der gedehnte, steigende und sinkende Atem des Sommers, wenn er gerade eingeschlummert ist. Eines Tages ritt Jamie nicht mit den anderen aus, und da wurde der Tag zur Nacht und der Wald zum Dach über ihren Köpfen. Die zarten Flammen der Myrtenbäume und der grüne Rauch der Zedern waren die Feuer ihres Herdes. Im gleißenden Mittag fanden sie den Schatten und aßen die Trauben von den Muskatellerreben. Die duftenden Träume, aus den abgefallenen braunen Kiefernadeln aufsteigend, schwebten um ihre Köpfe, als sie ihre Glieder ausstreckten und in den Wäldern schliefen. Still lag der Strom in der goldenen Schlucht, und dunkel erglühte das Wasser in den Farben von Früchten und Nüssen.

»Vergiß deine eigenen Worte nicht«, sagten die Räuber, als sie ohne ihn zu einem Stelldichein ritten. »›Wer seiner Arbeit nicht nachgeht, wird keinen Erfolg haben.‹«

»Ich habe immer Erfolg«, sagte Jamie und zog seinen kleinen Dolch zur Hälfte heraus.

Denn er glaubte, er habe alles feinsäuberlich eingeteilt, und vieles könne er für später und für einen anderen Ort aufsparen, denn das neue Leben hatte gerade erst begonnen. »Alle diese Schätze sind für dich bestimmt«, sagte er in der Nacht, nachdem die Beute gesichtet war.

»Ich danke dir«, erwiderte sie und ordnete und verwahrte alles – versah die Stücke sogar mit dem Datum, wenn sie sich in der traumhaft verfliegenden Zeit darauf besinnen konnte. Und obgleich sie nicht wußte, wann sie je Verwendung für tausend englische Silberstücke oder den Skalp eines Creek-Indianers haben würde, gab sie auf jedes Stück sorgsam acht.

Und jede Nacht kam Jamie heim mit einem Haufen von Federvieh, Wachteln und Reisstarlinge, purpurne Baumläufer oder Drosseln, und sagte, sie solle sie zubereiten. Einmal brachte er einen Reiher mit, das Gefieder getönt wie venezianisches Glas, und er schmeckte so streng wie eine wilde Birne, doch da die Reiherbrust nur für Jamie und Rosamond zum Sattwerden reichte, verzehrten die andern Räuber schweigend Büffelfleisch im Rauch der Fackeln.

Hätte ihre tote Mutter Rosamond sehen können, hätte sie sich nicht mehr die Mühe gemacht, noch einmal aus ihrem himmlischen Frieden zurückzukehren, um sie zu trösten oder zu beschützen, sondern sich fortan ganz und gar den Wonnen des Paradieses gewidmet; das heißt, falls sie von diesem Ort aus über die Tatsache hätte hinwegsehen können, daß Jamie ein Räuber war; denn Rosamond hatte das Medaillon ganz vergessen.

Das einzige, was sie vielleicht davon abhalten konnte, ganz glücklich zu sein, war, daß sie niemals das Gesicht ihres Liebsten gesehen hatte. Aber andererseits kann das Herz ohne ein wenig Kummer und Neugier nicht leben.

An dem Tag nun, als er Rosamond zum Haus der Räuber folgte, hatte Böckchen das Glück gelächelt, und er war ihr so dicht auf den Fersen, daß sie hinter ihm gewesen wäre, hätte sie sich umgedreht, bis sie an die Tür der Räuber klopfte.

Zuerst gab es überhaupt keine Antwort, und Böckchen kam zu dem Schluß, daß sie sich den falschen Tag ausgesucht haben mußten. Doch dann hatte der Rabe sie angeblickt und gesagt:

»Kehr um, mein Liebling,
Geh zurück nach Haus.«

Folglich hatte Böckchen, der solch eindeutigen Befehlen niemals zuwiderhandelte, sich auf der Stelle umgedreht und war zu seiner Mutter zurückgekehrt.

»Hallo, Mutter, da bin ich wieder«, sagte er und stieß bis zur Küche durch. »Ein Rabe riet mir, auf der Stelle zurückzukehren: Was gibt es Neues?«

»Oh, Kummer und Sorgen machst du mir«, sagte seine Mutter. »Hast du ein bißchen Geld mitgebracht?«

»Nein«, sagte er, »aber ich hoffe, jeden Augenblick etwas zu bekommen, denn die Dame, für die ich arbeite, ist sehr reich.«

»Dann ist's ja gut«, sagte seine Mutter, »andernfalls wünschte ich, ich hätte dich bei deiner Geburt erdrosselt, wenn ich daran denke, welcher Trost du mir bist.«

»Sind meine sechs Schwestern schon verheiratet?« fragte Böckchen.

»Sie sind noch genauso, wie sie gestern waren, und das heißt, unverheiratet«, sagte die Mutter.

»Du brauchst nur zu warten, bis ich für meine Arbeit bezahlt werde«, sagte Böckchen, »und die Männer werden auf die sechs losstürzen, als steckten sie in brennenden Häusern.«

Dann sagte er ihr auf Wiedersehen und machte, daß er hinauf kam, um von Salome sein Geld einzufordern.

»Was, so rasch bist du zurück?« sagte Salome, nachdem sie ihr Versteck im Obstgarten aufgesucht hatten.

Das träfe zu, sagte er, er sei zurück und dies sehr rasch.

»Bist du ihr dieses Mal gefolgt?« fragte Salome.

Er sagte ja, er sei ihr gefolgt; daß heißt, bis ein Rabe

ihn angesprochen und aufgefordert habe, nach Hause zu gehen.

»Was für ein Rabe?« schrie Salome, denn sie wußte nicht, welchen Raben er meinen könnte.

Nun, sagte er, es sei eben jener Rabe gewesen, den sie, wie er vermute, hielten, um die Tür zu öffnen, wenn sie nicht zu Hause wären. Und ob er jetzt sein Geld haben könne?

»Geh und brich dir den Hals!« rief Salome. »Deine Mutter hätte dich in der Wiege erdrosseln sollen.«

Jetzt gebe es schon zwei, die so dächten, sagte Böckchen, doch das besage wenig. Und er fragte, ob sie ihn denn morgen zu bezahlen gedächte, wenn er noch einmal zu ihr käme.

»Oh«, sagte Salome, »wann wirst du dein Hirn herausnehmen und es vernünftig wieder einsetzen? Geh zu diesem Haus zurück, hör nicht auf das, was ein Rabe dir mitteilt, und wenn du festgestellt hast, wohin Rosamond gegangen ist, sieh nach, was sie treibt und ob sie weint oder nicht, und dann komm zurück und erzähl's mir.«

»Und wenn Sie alles gehört haben, werden Sie mich dann bezahlen?« fragte Böckchen.

»Verschwinde«, sagte Salome, »solange du noch alles im Kopf hast.«

Und dann gab sie ihm ein paar hinter die Löffel, und er machte sich auf, ging zuerst durch den Hühnerhof und ließ eine Henne aus dem Stall, dann durch den Schweinepferch, wo er ein kleines, rotgeflecktes Schwein freiließ. Nach reiflicher Überlegung steckte er Huhn und Schwein nebst einem großen roten Pfirsich als Anzahlung in seinen Sack, um gegen den Hungertod gewappnet zu sein.

Er ging durch den tiefen Wald dahin und daher und legte einen Teil seines Weges in der Gesellschaft eines kleinen Wildschweins zurück, das stolz wie ein Pferd dahintrottete, und hatte das Räuberhaus fast erreicht, als sein Blick auf einen anderen Ort fiel. Dort, am Ende einer Zedernallee, vor dem Eingang zu einer Felshöhle, saß am Feuer ein Räuber, Kleine Harfe genannt, und er war so häßlich, wie man überhaupt nur sein konnte. Doch Böckchen störte das wenig, und er flötete: »Guten Morgen, Mister! Was machen Sie da? Wie geht's, wie steht's, und was treiben Sie so? Gibt es etwas, das ich für Sie tun kann? Und wie weit ist es von hier bis zu der Stelle, wo die entführte junge Dame hingeht und an die Tür klopft?«

Kleine Harfe zwinkerte und lächelte, denn nichts erfreute ihn an einem schönen Tag mehr als ein hirnloses Köpfchen. »Komm her«, sagte er, »und leiste mir Gesellschaft. Ich werde dir eine Arbeit geben.«

»Mit Freuden«, erwiderte Böckchen, »aber ich arbeite bereits für jemand anderen, für eine sehr reiche Dame, eine alte Stiefmutter, die will, daß ich mich davon überzeuge, daß ihre Stieftochter von einem Räuber auch richtig entführt worden ist. Doch ich sehe nicht ein, warum ein junger Bursche wie ich nicht zwei Aufträge gleichzeitig übernehmen sollte.«

»Deine Sprache gefällt mir«, sagte die Kleine Harfe. »Du wirst es weit bringen in der Welt.«

»Wieviel gedenken Sie mir monatlich zu zahlen?« fragte Böckchen, der auf einem Felsen Platz nahm und seine Beine ausstreckte.

»Keine Sorge«, sagte die Kleine Harfe. »Tu ganz einfach, was ich dir sage, und du wirst es nicht bereuen.«

»Was soll ich als erstes machen«, fragte Böckchen, »falls ich für Sie arbeite?«

»Hm«, sagte Kleine Harfe, »ich hätte nicht übel Lust auf eine große, fette Henne.«

»Wenn das alles ist, glaube ich nicht, daß das sehr schwierig sein wird«, sagte Böckchen, langte in seinen kleinen Sack und zog die Henne heraus, welche die Kleine Harfe in Wirklichkeit vom ersten Augenblick an mit wäßrigem Mund im Auge gehabt, wenn nicht gar schon aus der Entfernung gerochen hatte.

Also nahm die Kleine Harfe die Henne. »Ich muß überlegen«, sagte er. Er drehte der Henne den Hals um, riß ihr eine Feder aus, zog sie durch sein kleines Feuer und schluckte sie herunter.

»Ja, ich glaube, du könntest die Arbeit machen«, sagte er. »Du bist angeheuert. Doch da gibt es noch eine Sache, etwas, das du nie tun darfst, solange du für mich arbeitest. Vergiß es nicht! Öffne niemals die kleine Truhe, die du dort in der Höhle neben meinem Federbett sehen kannst.«

»Wenn ich's tu, darfst du mir die Ohren abschneiden«, versprach Böckchen.

»Es kann sein, daß du sagen hörst ›Laß mich raus‹«, sagte Kleine Harfe, »doch du mußt antworten ›Noch nicht!‹ Wenn du die Truhe auch nur einen Spaltbreit öffnest, wird das dein Ende sein.«

»Und dann ist auch Schluß mit dem Geld?« fragte Böckchen.

»Ein für allemal«, sagte Kleine Harfe. »Es gibt in der Welt keine Gelegenheit mehr, jemals auch nur einen Cent zu verdienen, wenn du einmal tot bist.«

»Ich bin mit den Bedingungen einverstanden«, sagte Böckchen, und sie schüttelten sich die Hände.

»Also«, sagte Böckchen, »was soll ich denn tun?«

»Nun«, sagte Kleine Harfe, »ich spüre, wie mich ein unbestimmtes Verlangen nach einem Schwein mit roten Flecken überkommt, aber wenn's unmöglich ist, es zu finden, such nicht danach.«

»Unmöglich? Von wegen!« sagte Böckchen. »Das ist für mich so einfach wie das Luftholen.« Und er zog sein Schwein aus dem Sack.

»Pökel es ein«, sagte Kleine Harfe.

»Möchtest du nicht lieber einen Pfirsich haben?« fragte Böckchen. »Das dauert nämlich nicht so lange.«

»Ja«, sagte Kleine Harfe, »ich glaube, ich möchte lieber einen Pfirsich.«

So aß er denn auf der Stelle den Pfirsich, mitsamt Kern und flaumiger Haut, und beim letzten Bissen fragte ihn Böckchen: »Was jetzt?«

»Als nächstes möchte ich ein Mädchen haben. Es sollte entführt und vor meine Tür gebracht werden«, sagte Kleine Harfe. »Doch ich möchte meinen, daß du nicht wissen wirst, wo eins zu finden ist.«

»Ich hab kein entführtes Mädchen bei mir«, sagte Böckchen, »aber ich hab eins im Auge. Wann möchtest du es denn haben?«

»Bis morgen«, sagte Kleine Harfe.

»Ist so gut wie erledigt«, sagte Böckchen. »Du kannst dir schon jetzt ausmalen, wie es über den Berg hüpft.«

»Laß mich zuerst seinen kleinen Finger sehen«, sagte Kleine Harfe. »Und wenn der mir gefällt, dann werd' ich sie nehmen.«

Böckchen war außer sich vor Freude. Er stand auf und vollführte einen kleinen Tanz, »Hasenhaschen« genannt. Dann ging er fort.

Kleine Harfe ging ins Innere seiner Höhle und streckte sich auf dem Federbett aus, um zu warten.

Da erklang eine Stimme, die aus einer kleinen Truhe zu kommen schien, und die sagte: »Laß mich raus!«

»Noch nicht!« rief Kleine Harfe, und er begann zu schreien: »Oh, du quälst mich so sehr und bist doch nicht mehr als ein Kopf, bedeckt mit fahlblauem Schlamm, obwohl ich weiß, daß deine Augen hervorquellen und deine feuerrote Zunge heraushängt, genau wie du vom Pfahl auf dem Marktplatz von Rodney runterfielst.« Und er sagte: »Oh, Große Harfe, mein Bruder, bitte bleib in der Truhe wie ein braver Kopf, und sei nicht ewig wegen des Raubens und Mordens hinter mir her, denn du läßt mich nicht zur Ruhe kommen.«

Doch die Stimme sagte die ganze Zeit: »Laß mich raus!«, selbst als die Kleine Harfe einschlief und anfing zu schnarchen.

Nachdem Böckchen wieder daheim in dem feuchten Tal war, stieß er durch die Vordertür, die verschlossen war, ins Haus vor, und dort saßen alle um den Tisch.

»Gute Nachrichten«, rief er und schnappte sich einen Maiskuchen. »Schwestern, für eine von euch ist die Zeit gekommen. Erhebt euch und macht euch bereit, denn morgen ist der Tag des Herrn.«

»Von welchem Herrn sprichst du?« sagten sie.

»Ihr müßt genauer hinhören, wenn ihr Wunder erfahren wollt«, sagte Böckchen. »Schwestern, alle sechs, wie ihr da seid, spitzt die Ohren und nehmt dies mit allen zwölf Lauschern auf. Ich arbeite nun nebenbei für einen Herrn, der dort drüben in einer Höhle auf dem Berg wohnt, und als ich fragte, was er wolle, sagte er, zuerst wolle er eine Henne, dann ein Schwein, dann einen Pfirsich, und zum Schluß war er ganz versessen auf eine Ehefrau. Und obwohl ich nicht alles ausplauderte, was mir auf der Zunge lag, ging ich heimlich mit mir zu Rate und sagte zu mir selbst: ›Hab ich nicht in meiner eigenen Familie sechs blitzblanke, jungfräuliche Schwestern, ist mein Haus nicht ein Nest voller Frauen? Der Himmel hat mich für diesen Auftrag auserkoren!‹ Und ich rannte auf der Stelle mit der guten Nachricht hierher.«

»Hm«, sagte die Mutter, »ist er reich?« Denn sie übernahm es, für alle sechs Töchter zu sprechen.

»Oh, ich bin sicher, daß er reich ist«, antwortete Böckchen, »denn er hat, zum Beispiel, eine Truhe, die so kostbar ist, daß er mit ihr spricht, und er erlaubt niemandem, sie zu öffnen, nicht mal einen Zollbreit.«

Da setzten sich alle Schwestern in der Reihe gerade hin und schüttelten ihr Haar.

»Sieht er gut aus?« fragte die jüngste.

»Nun«, sagte Böckchen, »ich würde nicht gerade sagen, daß der Herr mit Schönheit gesegnet ist, denn als ich ihn sah, war sein Kopf nicht größer als etwas, das auf einem Orangenbaum wächst, auf seiner Stirn hatte er so viele Beulen wie ein Alligator, und aus seinem Mund ragte auf jeder Seite ein Zahn heraus wie das Seitenruder eines Flachbootes. Er kam wie eine Gans herausgewatschelt und war angezogen wie ein wilder Indianer. Aber Schönheit ist schließlich bloß was Äußerliches, und, nebenbei bemerkt, ihr selbst seid alle sechs mit Sommersprossen überladen wie ein Feigenbaum mit Feigen, und das sollte euch Bescheidenheit lehren.«

»Welche von uns soll ihn heiraten?« fragten sie einander und begannen zu kichern.

»Wir wollen ihm die älteste schicken«, sagte die Mutter, »weil sie am längsten gewartet hat.« Und damit war's ausgemacht.

»Halte dich bei Sonnenaufgang für die Entführung bereit«, sagte Böckchen, »und sorge dafür, daß einer deiner kleinen Finger so lieblich ist wie eine Rose, denn sonst wird nichts aus dem Handel.«

Zur gleichen Zeit fuhren Clement und Salome in ihrem kleinen Wagen über die Pflanzung, die inzwischen vollständig abgeerntet war.

»Im nächsten Jahr«, sagte Salome, beschattete ihr Adlerauge mit ihrer Adlerklaue und überflog prüfend die Ländereien von Osten nach Westen, »müssen wir noch mehr Wald schlagen und die Felder so vergrößern, daß wir von allem das Doppelte ernten. Zweimal soviel Indigo, zweimal soviel Baumwolle, zweimal soviel Tabak. Denn das Land wartet nur darauf, daß es jemand in Besitz nimmt, und ich sage, wenn es darauf wartet, nimm es.«

»So viel Land urbar zu machen, ist habgierig«, sagte Clement. »Es würde viel zu viel Zeit und Willenskraft beanspruchen.«

»Trotzdem, du mußt Land hinzunehmen«, sagte Salome. »Wenn wir so viel haben wie jetzt, können wir auch mehr haben.« Und sie tätschelte den kleinen nußförmigen Kopf des Pfaus in ihrem Schoß.

»Bist du immer noch nicht zufrieden?« fragte ihr Gatte.

»Zufrieden?« rief Salome. »Zufrieden bin ich erst, wenn wir dieses Haus los sind, das mit seinen Holzdielen kaum besser ist als ein Blockhaus in Kentucky, und wenn wir in einem Herrenhaus wohnen können, das mindestens fünf Etagen hat, mit einem Ausguck zum Fluß ganz oben und mit zweiundzwanzig korinthischen Säulen, die das Dach tragen!«

»Mein armes Weib, du weiß nicht mehr, was du sagst«, sagte Clement, und er legte seine Hand auf ihre Stirn, um zu fühlen, ob sie heiß sei. Und tatsächlich, sie glühte wie Feuer, denn Salome zermarterte sich Tag und Nacht das Hirn, um sich Wünsche auszudenken.

»Mir geht es ausgezeichnet«, sagte Salome. »Du bist es, dessen Hand kalt ist.«

»Dann ist sie kalt vor Kummer«, sagte Clement.

»Oh, jetzt, da deine faule, verschwendungssüchtige Tochter nicht mehr da ist«, sagte Salome, »werden wir unsere Pläne viel besser verwirklichen können, denn nun hast du niemanden, dem du das Geld vermachen kannst. Also können wir's ebensogut sofort ausgeben.«

»Hüte deine Zunge, Weib!« rief Clement, und er sprang auf und wäre fast auf sie losgegangen, aber er konnte nicht, weil das böse Gift in ihrem Herzen sich durch ihre Worte hindurchfraß, bis es selbst auf ihrer Haut erschien, wie die Male von Pocken, und er konnte sie nicht bestrafen.

Dann schickte Salome, die Clement in ihrer Gewalt hatte, diesen fort, damit er beim Gouverneur um die Überlassung weiteren Landes nachsuchen solle, und er fügte sich und ritt fort nach Rodney.

Und dort, als er sich abermals in der Herberge aufhielt, wo der Wirt mit den zitternden Ohren sein gastliches Haus den Reisenden öffnete, traf Clement zufällig Jamie Lockhart wieder, der so elegant gekleidet war wie jemand aus New Orleans, und der, die Ärmel vor der Brust zusammengeknotet, seinen Knopfmantel wie einen Umhang trug.

Jamie hatte, um die Wahrheit zu sagen, den armen Clement völlig vernachlässigt, da er mit dessen Tochter allzu beschäftigt war, und er war nie zurückgeritten, um das zu tun, was er versprochen hatte, sondern hatte es einfach aufgeschoben. Darum eilte er jetzt auf Clement zu, drückte ihm die Hand, zog ihn in den Ausschank und bestellte für ihn ein Glas vom besten Kentucky-Whisky. Darauf erzählte er ihm, um sich zu rechtfertigen, daß ihn seine Geschäfte noch in derselben Nacht, da sie sich zuletzt gesehen hatten, ganz plötzlich nach New Orleans gerufen hätten, wo er sich bis jetzt aufgehalten habe, fleißig wie eh und je, und daß er deshalb nicht in der Lage gewesen sei, dem Räuber nachzureiten, der Clements Tochter bedroht habe.

»Lassen Sie sich den Whisky trotzdem gut schmekken«, sagte Jamie, »denn es ist meine Überzeugung, daß der Kerl ihr nichts Böses mehr zufügen wird, wenn er schon beim ersten Mal nicht auf den Gedanken gekommen ist.«

»Ach«, sagte Clement, »während Sie fort waren, ist ihm leider doch der Gedanke gekommen, denn mein Kind ist wie vom Erdboden verschwunden.«

Und dann liefen ihm die salzigen Tränen über die Wangen, und Jamies Herz wurde vom Kummer des alten Mannes gerührt, und nachdem er ein weiteres Glas Whisky für ihn bestellt hatte, verbrachte er mit ihm die Nacht wieder im selben Bett, ohne ihm einen Cent zu stehlen. In Wahrheit zweifelte er, nachdem er ihn bis jetzt nicht bestohlen hatte, ob er es je würde tun können; denn der alte Mann setzte Vertrauen in die böse Welt, und er war ein Mensch, den zu berauben einem das Herz brechen würde.

»Es ist mir gerade gelungen, meine Pflanzung um das Doppelte zu vergrößern«, sagte Clement, als sie sich am Morgen wiedersahen, »wenn auch mein Seelenfrieden nicht im geringsten davon berührt wird, wie groß irgend etwas ist. Meine Frau will einen Turm bauen, um die Grenzen ihrer Ländereien überschauen zu können, während ich durch ihre Wälder reite und weiß, daß sie ein unendliches Labyrinth sind, denn meine Liebe ist darin verschollen.«

Darauf erklärte Jamie, überwältigt von seinen mitleidigen Gefühlen, und ehe er sich's recht versah, er werde dieses Untier zur Strecke bringen, auch wenn es seine letzte Tat wäre, und ihm das Gehirn herausblasen und dann, um den Handel abzuschließen, Clements arme Tochter zur Frau nehmen.

Denn nicht ein einziges Mal – dank der sieben wilden Brüder, die seine eigene, entführte Braut hin und wieder ins Gespräch brachte (immer dann, wenn er durchblicken ließ, er sei einer anderen versprochen) – kam in Jamies Kopf der Gedanke auf, Rosamond könnte auch nur einen Augenblick lang dasselbe Mädchen sein wie Clements daumenlutschende Göre. Die Zeiten waren nun einmal so, daß Erbinnen verschwanden, als habe die Erde sie verschluckt, und eine Braut mehr oder weniger konnte Jamie nicht dazu bringen, einzuhalten und sich zu besinnen.

»Heute nacht«, sagte Jamie, indem er aufstand, »werde ich die Wälder nördlich von hier durchreiten, und Sie müssen sich die im Süden vornehmen, und wenn der Mann einen Vorsprung vor Ihnen hat, werden wir ihn so zurücktreiben.«

Clement schüttelte ihm die Hand, und als er wieder sprechen konnte, sagte er noch einmal: »Retten Sie meine Tochter, und sie ist noch immer die Ihre.«

Auf der Pflanzung angekommen, verspeiste Clement, dank Jamie von der Hoffnung beseelt, noch in dieser Nacht die Rettung zu vollbringen, zum Abendessen ein ganzes Spanferkel und, als eben die Sterne aufzuschimmern begannen, schwang er sich auf sein Pferd und ritt los.

Er folgte dem Alten Natchez-Pfad und schlug dann einen anderen Weg ein, der in die tiefsten Wälder abzweigte, eine Gegend, die er nie zuvor erkundet hatte. Der Wind riß an den langen Bärten der Baumflechten. Die vereinzelten Eulen schrien eine nach der anderen und flogen, riesig wie Fässer, an seinem Kopf vorbei. In der Nähe tollten und balgten sich die Wildkatzen im Zuckerrohr, und er ritt weiter, durch den Fünf-Meilen-Gestank eines Bären, und noch weiter, bis er unversehens zum Steilufer kam, wo in der Tiefe, unter den Sternen, die dunklen, braunen Fluten des Mississippi vorbeiströmten. Das war der Ort, wo er auf den Fluß gestoßen war und Salome geheiratet hatte. Und wie hätte er wissen sollen, daß es der Ort war, zu dem Jamie Lockhart seine Tochter getragen hatte, unter das dichte Laubwerk der Bäume am Ufer!

Clements Pferd blieb stehen, und plötzlich begannen die Blätter zu rascheln, und ein Geist oder ein Schatten ging hinter ihm vorbei. In nächsten Augenblick ritt Clement in wilder Verfolgungsjagd hinterher, denn er war nun davon überzeugt, daß es der Räuber sei, und mit rasender Schnelligkeit ritt er immer weiter, bis ihm schien, daß er sich verirrt hatte und bloß im Kreis herumritt; und dies war ihm schon vorher passiert. Doch dann hörte er dasselbe Geräusch, und er brachte sein Pferd zum Stehen und saß ab. Und obgleich er bis zu diesem Augenblick geglaubt hatte, alles, was er verteidigte, sei zu heilig, um ihm das Recht zur Gewaltanwendung zu geben, warf er sich nun mit solcher Wucht nach vorn, daß er einen Augenblick lang seines Atems beraubt war. Er rannte Hals über Kopf durch die Dunkelheit, und dann schien es ihm, als umklammerte er das Geräusch leibhaftig mit seinen Armen. Er spürte den kräftigen Griff eines Riesen oder eines Geistes, und einmal wurde er von einer Feder gestreift, wie die Wilden sie trugen, und lange Zeit warfen sie sich hin und her und zertrampelten die Erde. Es war so dunkel, wie es nur irgend sein konnte, denn die Sterne schienen sich zurückgezogen und die Nacht droben nackt zurückgelassen zu haben, und so rang Clement mit seinem Ungeheuer, und nichts und niemand auf der Welt kam ihm zu Hilfe. Er warf es zu Boden, und es flog wieder hoch, er bog es nach hinten mit all seiner Kraft, und es wollte sich nicht unterwerfen, es focht mit den Armen eines Wirbelwindes und schleuderte ihn auf die Erde, und er wollte schon aufgeben, doch es klebte an ihm wie der Alte vom Meere, und er konnte unter ihm nicht hervorkommen. Schließlich warf er sich mit einem mächtigen Krachen gegen seinen Gegner, und dieser fiel zu Boden, und Clement saß da und hielt ihn den Rest der Nacht mit seinem eigenen Körper nieder und wagte nicht, die Augen zu schließen, weil er sich Sorgen machte und der Meinung war, er habe den Bösen bezwungen. Und erst als das Auge der roten Sonne über den Bergkamm lugte, erkannte Clement, daß er die ganze Nacht lang mit einem Weidenbaum gekämpft hatte.

Währenddessen durchritt Jamie die Wälder im Norden und wünschte, er wäre daheim. Gerade hatte er begonnen, sein Gesicht mit Beerensaft zu beflecken, als er plötzlich ein Geschrei hörte, das aus einer Höhle im Berghang hervorscholl.

»Siehe da, hab ich doch das einfältige Ding gefunden, ohne daß ich überhaupt zu suchen angefangen habe«, sagte er, »das nämlich sähe ihr ähnlich, ihren Räuber die ganze Nacht hindurch anzuschreien und ihm keine Ruhe zu gönnen, aus nichts als reinem Eigensinn.« Und schnurstracks ritt er hinauf zu der Tür der Höhle und warf einen Felsbrocken dagegen.

»Eine nach der anderen!« kam eine Stimme aus dem Innern. »Falls du die nächste Schwester bist, mußt du bis morgen warten!«

Und »Oh! Oh! Oh!«, folgte das Geschrei.

»Aufmachen«, rief Jamie. »Wenn du darauf aus bist, einen Mord zu begehen, kann ich dir helfen.«

»Kannst du's sofort?« fragte Kleine Harfe, denn natürlich war er's, der mit einer von Böckchens sechs Schwestern drinnen war, und er kam an die Tür und spähte durch die Ritze.

»Hier, sieh mal, ist das rechte Seil, um sie zu fesseln«, sagte Jamie und tat so, als halte er in der Dunkelheit etwas in die Höhe.

Da ließ die Kleine Harfe ihn hereinkommen, und Jamie folgte ihm ins Innere der Höhle, wo er eine von Böckchens Schwestern fand, die stocksteif in der Mitte des Bodens stand, ihre Schürze um den Kopf gebunden.

»Nun, eingebildetes, schmutziges Ding«, sagte Jamie zu ihr, denn er zweifelte nicht, daß sie Clements schwachköpfige Tochter war, und er warf ihr ein Küßchen zu, »was treibst du hier drinnen?«

»Oh! Oh! Oh!« kreischte sie zurück.

»Sie tut nichts als schreien«, sagte die Kleine Harfe. »Darauf versteht sie sich trefflich, und ich könnte genausogut versuchen, mit einer Hyäne im Zimmer zu schlafen.«

»Warum hast du sie so schmuck eingeschnürt?« fragte Jamie. »Die Hände und Füße, die viel gefährlicher sind, hast du frei gelassen und nur den harmlosen Kopf eingewickelt.«

»Oh, ich habe ihr ein wenig das Gesicht verbunden, weil sie so häßlich ist«, erwiderte die Kleine Harfe. »Ich habe sie entführen lassen, unbesehen und ungeprüft, mußt du wissen, wobei man mir zu verstehen gab, ein anderer Räuber sei wild nach ihr, und ich habe keine Ahnung gehabt, daß dies das Meisterwerk war, das ich bekommen würde. Doch sobald ich ihren kleinen Finger gesehen hatte, sagte ich ihr, sie solle sich im Fluß ertränken.«

»Oh!« kreischte Böckchens Schwester.

»Aber als ich ihr das empfahl«, fuhr die Kleine Harfe fort, »sagte sie mir, sie sei nur eine von sechs hoffnungsvollen Schwestern, alle so stark wie Ochsen, und daß die ganze Gesellschaft hier heraufkommen und mir den Schädel zu Brei schlagen werde, falls ich sie nicht losbände.«

»Oh, ja, die scharfe Würze dieser Sprache ist mir vertraut«, sagte Jamie, und er lachte nur über die Wut des armen Geschöpfes und bedachte es mit einem zweiten Schmatz, der es ganz unverhofft traf.

»Wenn du dein Seil nehmen und den Rest von ihr verschnüren würdest«, sagte Kleine Harfe, »glaubst du, daß sie das zum Schweigen oder für eine kleine Weile aus der Fassung bringen würde?«

»Das ist eine glänzende Lösung, die dir da eingefallen ist«, sagte Jamie, der sich mit den zwei Dummköpfen ein wenig die Zeit vertreiben wollte, da die Nacht ohnehin vertan war, und darum faßte er das Mädchen um die Mitte und drückte es ein wenig. Doch wenn sie zuvor laut genug geschrien hatte, um in der Kirche von Rodney gehört zu werden, so kreischte sie jetzt so durchdringend, daß es noch in Fort Rosalie zu hören war.

»Das war ein Fehler«, sagte die Kleine Harfe. »Ich würde alles dafür geben, wenn du das eben nicht getan hättest.«

»Da haben wir's, jetzt schreit sie nur lauter statt leiser«, sagte Jamie, »und ich fürchte, nun gibt's für sie kein Halten mehr. Sie wird so weitermachen und lauter und lauter kreischen, bis die Felswände dieser Höhle zusammenfallen und uns alle lebendig begraben. Warum, mein Freund, heiratest du sie nicht statt dessen?«

»Selbst wenn es mich vor Taubheit und einem Erdrutsch bewahren würde, tu ich's lieber nicht«, sagte die Kleine Harfe und schüttelte den winzigen Kopf.

»Ja, wenn das so ist«, sagte Jamie, sich umblickend. Und er dachte bei sich, daß mit einem Räuber, auch wenn er nicht der Klügsten einer war, etwas nicht ganz stimmen könne, da er es zu nichts Besserem als dieser Höhle gebracht hatte. »Wie wär's, wenn wir das Fräulein in die Truhe legten?«

»Nein! Nein! Nein! Niemals!« rief die Kleine Harfe, und er rannte hin und drückte den Deckel herunter. »Weil, ach, der Krach auch aus der Truhe herausdringt!« Und er legte sein Ohr an den Riegel. »Horch!« sagte er.

Jedoch Jamie hörte überhaupt nichts, und er dachte, angesichts dieser Narrenposse sei es an der Zeit, andere Saiten aufzuziehen. So machte er denn Anstalten, ohne weitere Fisimatenten das Mädchen zu packen und es nach Hause zu Clement zu schaffen.

Doch die Kleine Harfe kam wie ein alter Gänserich angewatschelt, und da, in seiner rechten Hand, mit der Spitze nach oben zeigend, war das Fleischermesser.

»Ich werde sie nicht heiraten«, sagte er. »Also komm, wir wollen sie töten! Ich werde sie festhalten, und du schlitzt sie der Länge nach auf.«

Als das arme Mädchen das hörte, büßte es fast seine Stimme ein, doch es gewann sie rechtzeitig zurück, um einen Schwarm Fledermäuse von der Höhlendecke herunterzuschreien, bevor es, als die Tiere es streiften, wie eine Tote niederstürzte.

Jamie sprang mit aller Kraft auf die Kleine Harfe los und zerrte ihn in die Ecke.

»Das Spiel ist aus«, sagte Jamie, »und der Spaß ist vorbei. Du bist nicht der Trottel, für den ich dich hielt, sondern ein Narr ganz anderer Sorte, und ich sollte dir überall dort die Knochen brechen, wo du sie am dringendsten brauchst. Jetzt verrate mir deinen Namen, und ich werde dir sagen, daß du aus dem Land verschwinden sollst.«

»Mein Name ist Kleine Harfe, und mein Bruder heißt Große Harfe, aber sie haben ihm in Rodney den Kopf abgeschlagen und ihn auf einen Pfahl gespießt.«

»Dann verschwinde aus dem Land«, sagte Jamie, »ich habe nämlich von den Harfen gehört, die herumrennen und tote Leiber zurücklassen, die so dicht über die Landschaft verteilt sind wie Fliegen auf dem Kloß.«

»Aha, aber ich weiß auch, wer du bist«, sagte Kleine Harfe, ihm seine Zunge in voller Länge herausstreckend, während seine kleinen Augen funkelten. »Dein Name ist Jamie Lockhart, und du bist der Räuber in den Wäldern, denn du trägst deine zwei Gesichter gleichzeitig, und ich sehe deine beiden Seiten.«

Als er das hörte, wich Jamie tatsächlich zurück, denn er erlaubte niemandem, der ihn als Gentleman gesehen hatte, ihn als Räuber zu sehen, und niemand, der ihn als

Räuber erkannte, durfte ihn ohne sein dunkelgeflecktes Gesicht sehen, nicht einmal seine Braut.

Halb zog er seinen kleinen Dolch heraus, um die Kleine Harfe auf der Stelle zu töten. Aber sein kleiner Dolch, von Blut noch unbefleckt, wehrte sich und wollte die schwächliche Kreatur nicht anrühren. Eine Stimme schien zu Jamie zu sprechen, die sagte: »Das wird deine Bürde sein, und also solltest du sie auch auf dich nehmen.« Darum steckte er den kleinen Dolch wieder ein und begnügte sich mit einem weiteren Hieb seines Armes, um der Kleinen Harfe für eine Stunde oder länger den Wind aus den Segeln zu nehmen.

Dann hob er das Mädchen auf und setzte es auf sein Pferd, wo es, in seiner Ohnmacht noch immer wie tot, so starr und steif aufrecht saß wie ein Vogel, den eine Schlange anstarrt, und so, ohne sich damit aufzuhalten, sie aufzuschnüren, schaffte er sie fort zu Clements Haus.

Inzwischen war es heller Tag, und er hielt an und entfernte die Flecken von der einen Hälfte seines Gesichts und band die Ärmel seines Mantels zusammen, und dann klopfte er an die Tür.

»Hier ist Ihre Tochter«, sagte er zu Clement, und der alte Mann starb fast vor Freude, doch dann erblickte er den Fuß, der hervorlugte, und dann die grobe, rote Hand. »Meine Tochter hat eine Haut so weiß wie eine Lilie«, sagte er, »und ihr Fuß ist zierlich.«

»Oh, gütiger Himmel«, sagte er, und dann fiel die Schürze ganz von allein, und er erblickte das armselige Karpfengesicht, das ihn ansah. »Jamie Lockhart, Sie haben die falsche Tochter gerettet. Diese ist nicht die meine.«

Darauf breitete sich allgemeiner Jammer aus, nur nicht bei Böckchens Schwester, die eher erfreut als traurig war, nun, da die ganze Geschichte vorüber war und sie nicht am Grund des Flusses lag; und sie machte, daß sie nach Hause kam, um ihren übrigen Schwestern von den entsetzlichen Dingen zu erzählen, die ihr widerfahren waren.

»Doch das Schlimmste von allem«, sagte Jamie zu sich selbst, als er in der schwarzen Schlucht anhielt und sein Gesicht aufs neue unkenntlich machte, »ist, daß ich die Kleine Harfe habe gehen lassen.« Er fragte sich nun, warum er das getan hatte, und er sagte: »Das wird mir eine rechte Bürde werden«, denn er wußte, daß die Kleine Harfe längst dort eingetroffen sein würde, wenn er nach Hause zurückkehrte.

4

Am nächsten Morgen, nach dem zweifachen Fehlschlag, seine Tochter vor dem Räuber in den Wäldern zu retten, saß Clement mit seiner Gemahlin auf der kleinen Veranda. Da öffnete sich ganz plötzlich mit einem leisen Geräusch das Eingangstor, und Rosamond kam den Weg heraufgegangen.

Sie konnten kaum ihren Augen trauen, bis sie bei ihnen war und jedem einen Kuß gegeben hatte.

»Nun, wo ist dein Ehemann?« fragte Salome.

»Er läßt sich meinen Eltern empfehlen«, sagte Rosamond, »doch er ist zu beschäftigt, um selber zu kommen.«

Salome warf zuerst einen Blick auf Rosamonds Leibgürtel, dann in ihr Gesicht, und war verärgert, weder hier noch dort ein Zeichen von Demütigung zu entdecken.

»Hochfahrend und eingebildet wie immer«, bemerkte sie, indem sie aufstand und im Kreis um sie herumging, »Obwohl die ganze Welt weiß, daß du nicht besser bist als dieses Gossenmädchen, das zur Höhle der Kleinen Harfe lief und der man, wegen des Ärgers, den sie machte, Scheuklappen vorband.«

Rosamond aber holte die Geschenke hervor, die sie ihnen mitgebracht hatte, fürwahr sehr schöne und kostbare Dinge, die vollauf von ihrem Wohlstand zeugten, und überreichte sie ihnen.

Was Clement betraf, umarmte er seine Tochter das eine um das andere Mal, und war so voll von der Freude, sie wiederzusehen, daß er sich nicht eine einzige Frage zurechtlegen konnte, um sie an sie zu richten.

Darum sagte Salome: »Könnte es sein, daß dein Räuberbräutigam genug von dir bekommen und dich fortgejagt hat?«

»Nein, Stiefmutter«, entgegnete Rosamond, »denn er erlaubt es mir nicht, von seiner Seite zu weichen.«

»Dann hält er dich also als eine Gefangene, nicht wahr?« rief Salome. »Genauso, wie ich's mir gedacht habe!«

»Nein, Stiefmutter«, sagte Rosamond, »weil ich aus eigenem Antrieb bei ihm bin. Aber ich dachte an meinen Vater, dem ich nicht Lebewohl gesagt hatte, und es war mehr, als ich ertragen konnte, und ich fing an zu bitten und zu betteln, bis ich am Ende, just heute morgen, die Erlaubnis bekam, hierher zu gehen. Doch es ist nur für eine kurze Zeit.«

»Ich möchte meinen, wenn du zurückkehrst, wirst du feststellen, daß dein Vogel fortgeflogen ist«, sagte die Stiefmutter darauf, denn sie tat so, als wisse sie sehr viel über das Leben und Treiben von Räubern.

»Nein, Stiefmutter. Wir haben ein Vertrauen zueinander, das diese Trennung nicht brechen kann«, sagte Rosamond, doch ihre Stiefmutter fing bloß an zu lächeln und zu sinnen, zu sinnen und zu lächeln.

»Sage mir, mein Marienkäferchen«, sagte Clement, als er sein Entzücken übertönen und durch seine Tränen wieder sehen konnte, »bist du glücklich?«

»Ja, Vater«, sagte Rosamond. »Obwohl mein Mann ein Räuber ist, ist er ein sehr guter Ehemann.«

»Und bringt er dir feine Kleider heim, Dutzende schöner Gewänder und Unterröcke dazu?« fragte Salome, und Rosamond wußte, worauf sie hinauswollte, doch trotzdem sagte sie: »Ja, das tut er.«

Da dachte Clement: »Sie ist dem Mann begegnet, der sie vom Lügen abhalten kann, und sie ist schon aus der Übung.« Und er war verblüfft und dachte bei sich: »Ich hätte nicht übel Lust, diesen strengen Räuber kennenzulernen, der meine Tochter gelehrt hat, wahrhaftig zu sein.«

»Wo ist dein Zuhause, Kind?« fragte er.

»Es ist nicht weit von hier«, sagte Rosamond, »doch es könnten auch hundert Meilen sein, weil der Ort so tief und verborgen in den Wäldern liegt, daß nicht einer den Weg kennt, ausgenommen mein Gemahl, der mich dorthin gebracht hat.«

Nun zog die Stiefmutter, während sie Rosamond umschritt, den Kreis immer enger und sagte: »Bringt dein Ehemann die Reisenden um, wo sie sind, wenn er mit ihnen fertig ist, und läßt sie dort in ihrem Blute liegen, wie alle andern auch?«

»Ich glaube nicht«, erwiderte Rosamond, »aber das wüßte ich nicht zu sagen, weil er es mir nie erzählt hat und ich ihn nie danach gefragt habe.«

»Höre ich recht? Du armes, unwissendes Mädchen!« rief die Stiefmutter. »Ich vermute, als nächstes wirst du sagen, daß du noch nicht einmal seinen Namen weißt, weil er ihn dir nie gesagt hat!«

»Das trifft zu«, antwortete Rosamond.

»Was?« schrie die Stiefmutter, und sie rückte noch näher an Rosamond heran. »Hat man dich etwa im Dunkeln gelassen? Nun erzähle mir nicht, daß du den Mann bei Tageslicht niemals ohne seine Verkleidung als Räuber gesehen hast.« Obwohl nämlich Böckchen es jedes Mal versäumt hatte, Salome seinen Bericht abzustatten, hatte sie diese Dinge selbst mit Hilfe der überaus großen Verruchtheit in ihrem Herzen herausgebracht.

»Auch das trifft zu«, sagte Rosamond, und als ihre Stiefmutter das hörte, mußte sie lachen wie ein Eichelhäher im Baum.

»Jetzt sage uns«, sagte sie schließlich, und sie stand genau über Rosamonds Kopf und blickte auf sie hinunter, »ob du, vor Gott und vor der Kirche, wirklich verheiratet bist.«

Da blickte Rosamond zwischen ihrem Vater und ihrer Stiefmutter hin und her und sagte dann: »Oh, gewiß. Pater O'Connell hat uns getraut.«

»Dann helfe ihm Gott«, rief Clement aufspringend, »ich sehe ihn auf jeder Reise, die ich nach Rodney mache, und er hat's mir nie erzählt!«

»Ach so, das kommt daher, weil der gute Pater an jenem Tag betrunken war, an dem er uns traute.«

»Nun gut, wenn er euch in der Kirche getraut hat, wie kommt es dann, daß die ganze Einwohnerschaft von Rodney euch nicht gesehen hat, als ihr die Stufen herunterkamt?« fragte Salome.

»Oh, er hat uns nicht in der Kirche getraut«, sagte Rosamond, »sondern daheim, in den Wäldern.«

»Woher wußte er, wohin er zu gehen hatte, wenn doch niemand euer Haus finden kann?« fragte Clement mit kummervollem Herzen.

»Das fügte sich so, weil er nicht aus eigenem Wissen oder Antrieb ging«, sagte Rosamond. »Denn mein Gatte entführte ihn und brachte ihn dorthin. Mein Gatte ritt durch die Straßen von Rodney, und da war der Priester, und er griff zu, packte ihn, so wie ein Habicht herabstößt, und schaffte ihn in sein Haus. Und weil er ein bißchen angesäuselt und gut im Zuge war, setzte ihn mein Gatte auf sein eigenes Pferd, hübsch im Damensattel, wegen des Priestergewandes, und ritt mit ihm in die Wälder, und dort, am eigenen Herd, traute er uns, die ganze Zeit sternhagelvoll, doch sehr überzeugend in der Art, wie er's machte.«

»Wie konnte der gute Pater O'Connell jemals etwas so Lästerliches tun?« fragte Clement. »Ungeachtet, daß er ein guter Schütze ist, ein Pferdekenner und eine feine Zunge für Madeira hat, habe ich Pater O'Connell noch nie so außer sich erlebt, daß er nicht gewußt hätte, welchem Sünder er auf der Straße ein Almosen gab.«

»Es war mein Gatte, der ihn so betrunken machte«, sagte Rosamond. »Als sie angekommen waren, wetteiferten sie zuerst miteinander im Aufschneiden und übertrafen sich gegenseitig, bis keiner von ihnen siegte, und dann fing mein Gatte einen kleinen Zweikampf an, um zu sehen, wer am meisten aus einem Krug trinken könne, während man bis zehn zählt, und alle anderen umstanden die beiden im Kreis, und sie zählten bis fünfundzwanzig. Es war seinem kecken Gemüt zuzuschreiben, daß Pater O'Connell den Krug nicht absetzen konnte, und er gewann.«

»Diese Wettkämpfe sind gefährlich«, sagte Clement. »Ich selbst hätte einmal fast mehr als meinen Verstand und mein Geld verloren, wäre Jamie Lockhart nicht gewesen.«

»Und dann traute euch der Priester?« fragte Salome, und sie beugte sich über Rosamond nieder, bereit, so schien es, sie zu verschlingen.

Doch Rosamond sagte: »Ja, dann erteilte Pater O'Connell mir und meinem Gemahl den Hochzeitssegen, und das ganze Haus war geschmückt mit Blumen in goldenen Vasen«, und ihre Stimme war so klar wie eine Glocke.

»Es ist merkwürdig, daß er sich an nichts davon erinnert«, sagte Clement zu sich selbst. »Er muß gedacht haben, er sei bloß im Märchenland gewesen, mit all dem Geglitzer ringsumher, und hat es nie erwähnt.«

Für alles muß es ein erstes Mal geben, und in diesem Augenblick sah die Stiefmutter Rosamond mit einem Blick echter Freundschaft an, als hätte auch Rosamond sich ihren Mann mit ruchlosen Mitteln erobert. Doch da begann Rosamond zu welken wie eine Blume, die geschnitten wird und liegenbleibt in der Sonne.

So nahm denn am nächsten Tag Salome Rosamond allein auf die Seite, und sie saßen am Brunnen, wie Mutter und Tochter von einem Blut.

»Mein Kind«, sagte die Stiefmutter, »habe ich dich recht verstanden, als du sagtest, niemals habest du das Gesicht deines Gatten gesehn?«

»Ich sah es nie«, sagte Rosamond, »doch ich bin sicher, daß er sehr hübsch ist, weil er so stark ist.«

»Das hat gar nichts zu besagen«, sagte die Stiefmutter, »und kann dir überhaupt nicht helfen. Ich fürchte, mein Liebes, daß du in deinem Busen eine Leidenschaft für ein niedriges und schändliches Geschöpf hegst, für einen Unhold, der es gern sieht, wenn du auf ihn wartest und ihm dienst, dir aber nicht die allgemein übliche Höflichkeit erweisen will, dich sein Gesicht sehen zu lassen. Es kann dafür nur einen einzigen Grund geben, daß er nämlich irgendein Ungeheuer ist.«

Und so redete sie auf Rosamond ein, bis sie den Stolz und das Frohlocken von ihrem Gesicht dahinschwinden sah, mit jedem Atemzug, den sie tat. Denn Rosamond mochte nicht glauben, die Stiefmutter stecke so tief voller Ränke, daß ihrer kein Ende sei, sondern diese hätten sie hart gemacht wie ein Bildnis von Stein im Garten; und die Zeit sei gekommen, ihr zu glauben.

Da rückte Salome so dicht an Rosamond heran, daß sie, als sie in den Brunnen blickten, dort unten nur einen

Schatten sehen konnten, und sie flüsterte ihr in das Ohr: »Es gibt einen Weg; herauszufinden, wie dein Gatte aussieht, und wenn du möchtest, daß ich ihn dir nenne, so frag mich.«

»Was für ein Weg ist das?« fragte Rosamond, weil sie es nun endlich wissen mußte.

»Es ist ein kleines Rezept, meine Liebe, um Beerenflecken zu entfernen«, sagte Salome, »und es gibt in der Welt keine Beerenflecken, die so hartnäckig wären, daß diese Tinktur sie nicht wegreiben könnte.«

»Was für eine Tinktur ist das?« fragte Rosamond, weil sie es nun erfahren mußte.

»Hab gut acht, und präge es dir fest ein«, sagte die Stiefmutter, »denn dann wirst du es nicht vergessen, bis du nach Hause kommst.«

Darauf sagte sie das Rezept her für jene Tinktur, mit der man Beerenflecken vom Gesicht entfernen konnte, und das ging so: Nimm drei frische Eier und schlage sie in klares Regenwasser. Rühre um, bis sich alles vermischt hat, dann lasse das Gebräu auf dem Herd sieden. Nimm das Gerinnsel und stelle es zum Abkühlen beiseite. Füge ein wenig Safran hinzu, ein wenig Gartenraute und ein wenig Pfeffer. Gib einen Viertelliter guten Whisky hinzu, schüttle es hin und her, bis es schäumt. Streiche es auf die Flecken, und sie werden verschwinden.

»Vergiß es nicht!« sagte Salome. »Es kann nicht fehlschlagen!«

Und dann langte sie hinab und zog das Medaillon von Rosamonds leiblicher Mutter aus ihrem kleinen

Beutel und ließ es vor dem Mädchen hin- und herbaumeln.

»Das hast du vergessen«, sagte sie, »in der Eile deines Aufbruchs. Und dieses Mal nimmst du es besser mit, denn du könntest es brauchen.« Und sie legte die Kette um Rosamonds Hals und schloß sie mit ihren eigenen Händen.

Sie riet ihr, auch einen von den Tomahawks mitzunehmen, um sich damit zu schützen, für den Fall, das Gesicht ihres Gatten erweise sich als so furchterregend, daß man es nicht anschauen könne; doch Rosamond wollte nicht so weit gehen, einen zu benutzen.

Dann dankte das Mädchen ihr für all die Mühe und den Rat, warf ihr die Arme um den Hals und küßte ihren Vater und sagte, sie habe vor, sogleich zu ihrem Gatten zurückzukehren, schneller, als sie erwartet wurde, um ihn so zu überraschen.

»Wie glücklich er sein wird«, sagte Clement. »Der arme Jamie Lockhart!«

»Oder er wird unglücklich sein, je nachdem«, sagte Salome, und sie lief im letzten Augenblick ins Haus, um das Rezept zum Entfernen von Beerenflecken mit ihrer feinen, schwarzen Feder zu Papier zu bringen, falls Rosamond sich vielleicht nicht an alles erinnern konnte, was dazu gehörte.

Während sie abwesend war, hatte Clement Gelegenheit, mit Rosamond allein zu sprechen, und er fragte sie zum letzten Mal nach ihrem Gatten.

»Wäre er in all seinem Sinnen und Trachten ein Räuber, würde ich ihn finden und ihn gewißlich töten«, sagte er. »Weil aber hinzukommt, daß er meine Tochter liebt, muß zum ersten noch ein zweiter Mann dazugehören, und ich würde mich fürchten, den zweiten zu töten. Denn alle Dinge sind zweifach, und das sollte uns davor bewahren, willkürlich mit der äußeren Welt umzugehen und übereilt zu handeln, um Dinge zu einem Ende zu bringen. Alle Dinge sind in zwei Hälften geschieden – Nacht und Tag; die Seele und der Leib und Kummer und Freude und Jugend und Alter, und manchmal frage ich mich, ob nicht sogar mein eigenes Weib die ganze Zeit über dieselbe Person gewesen ist und ich ihre Schönheit am Anfang so sehr liebte, daß erst jetzt ihre Häßlichkeit zum Vorschein gekommen ist, um mich wie ein Wahnsinn heimzusuchen. Und vielleicht wird, nachdem er mit dem Reiten und Rauben und Brennen und Stürmen fertig ist, dieser Mann, den du liebst, aus dem ersten Mann wie aus einer ekligen Tierhaut heraustreten und dich mit seiner Zartheit überraschen. Aus diesem Grunde werde ich abwarten, doch es bricht mir das Herz, nicht mit eigenen Augen gesehen zu haben, durch welche Tür du trittst und wie es um dein Leben bestellt ist.«

Dann kam Salome mit dem fertig geschriebenen und zusammengefalteten Rezept herbeigelaufen. »Behalte es in deiner Hand«, sagte sie.

Also nahm es Rosamond und machte sich auf den Weg.

»Soll ich ein Stück Weges mit dir gehen?« rief ihr Vater, doch sie ging allein weiter, hinein in den Wald.

Dieses Mal empfand Rosamond Furcht, als sie so dahinlief, und sie stolperte über die Steine und blieb in den spitzen Dornen hängen. Während des ganzen Wegs wandte sie sich um und schaute hinter sich, als habe sie Angst, von einem Tier verfolgt zu werden, das sie in Stücke reißen würde. Ein schwacher Wirbelwind blies über das Gras und zog ihr Haar nieder und flocht ihr Ästchen hinein.

Die kleine Schlucht war kalt und grau, der Nebel lag auf ihr, und der Strom floß mühsam, von gelbem Gekraut gehemmt, und die Eichhörnchen schrien grell durch die Wälder.

Schließlich kam sie zu dem Weg zwischen den zwei Reihen von Zedern mit dem kleinen Haus an seinem Ende, und die Tür stand offen, dunkel wie einst, doch nun bestreut mit gefallenen Blättern. So begann sie denn den Weg hinaufzusteigen, das kleine Papier mit dem Rezept in der Hand und die Kette um den Hals gelegt, und sie sprach: »Sähe mich jetzt meine Mutter, das Herz tät ihr zerspringen.«

Doch als sie dies sagte, wälzte eine Wolke sich über den Himmel, und ein kalter Wind sprang sie an wie zur Winterzeit, und gerade als sie zu dem Haus kam, zuckten zwei gelbe Blitze auf, die sich wie zwei kämpfende Schwerter über dem Hausdach kreuzten. Dort am Fenster hing der Rabe im Käfig, der ganz rostig geworden war, und Rosamond hatte ihn ganz vergessen. Und er sagte:

»Kehr um, mein Liebling,
Geh zurück nach Haus.«

Doch sie ging hinein.

Dort in der dunklen Halle stand sie und blickte durch die Tür. Alle die Räuber waren da, außer ihrem Gatten, und an seiner Stelle war ein fremder Räuber da, stand in der Mitte des Raumes, während die anderen auf dem Boden lagen und über ihn lachten. Er war der häßlichste Mann, den sie je in ihrem Leben zu Gesicht bekommen hatte, und sie dachte, ihr Herz werde zu schlagen aufhören und der Atem ihr in der Kehle steckenbleiben, bevor sie sich niederkauern und hinter dem Faß verstecken konnte, sicher vor ihren Blicken.

Der Whisky und der Wein machten die Runde, und die Räuber waren alle so schmutzig und scheußlich, als habe sie die Männer nicht vor einem Tage, sondern vor einem Jahr verlassen. Das ganze Haus war durchwühlt und verwüstet, das Oberste lag zuunterst, und die Ratten waren wieder eingedrungen und liefen unbehelligt umher. All ihre mühselige Arbeit war umsonst gewesen, und es war, als hätte sie sie nie getan. Der fremde Räuber war die Kleine Harfe, der hier eingekehrt war, um bei Jamie Lockhart zu wohnen, und er hatte nicht versäumt, seine kleine Truhe mitzubringen, die da neben ihm stand. Und alle die Männer hatten sich rings um ihn gelagert und hörten ihm zu, als sei er ihr Anführer, und niemand sprach von ihrem wahren Anführer oder fragte, wo er sein könne.

Der Krug ging rund von Hand zu Hand, und bald waren alle Räuber betrunken, und die Kleine Harfe war von allen am meisten betrunken.

»Wo ist das Mädchen, das ihr hier bei euch habt?« schrie er. »Wo habt ihr sie versteckt? Bringt sie her und gebt sie mir!«

Und da lachten alle Räuber über die Maßen in ihrem Rausch, als sie hörten, daß die Kleine Harfe das Mädchen forderte, das dem König der Räuber gehörte, denn das hätten sie oft nur allzugern selber getan.

»Sie ist fort zu einem Besuch«, sagten sie der Kleinen Harfe, »und außerdem gehört sie unserem Anführer.«

»Aber euer Anführer ist mein!« rief die Kleine Harfe. »Ausgeliefert ist er mir mit Leib und Seele, weil ich sah, was ich sah, und weiß, was ich weiß, und darum ist seine Frau mein und alles, was er besitzt.«

Darauf begann er ein solches Gezeter, er wolle das Mädchen haben, daß einer der Räuber hinausging und ein anderes junges Mädchen hereinbrachte, doch eines mit langen, schwarzen Haaren, und es durch den Kreis stieß, der Kleinen Harfe in die Arme.

»Da ist sie!« sagten sie, um ihn zur Ruhe zu bringen. Und zum Spaß hatten sie ihm ein indianisches Mädchen gebracht.

Als erstes verlangte er von ihnen, sie sollten schwören, daß sie nicht aus dem feuchten Tal stammte, sondern die wahre Braut des Räuberkönigs sei, und sie alle beschworen es so lange und heftig, daß Rosamond beinahe glauben wollte, sie selbst sei draußen im Zimmer unter den Augen der Räuber und nicht in ihrem Versteck hinter dem Faß.

Darum sagte die Kleine Harfe: »Was wollen wir zuerst mit ihr anfangen? Bringt ihr den Schwarzen Trunk!«

Der Schwarze Trunk war ein indianisches Getränk, und manche Leute nannten es den Schläfrigen Trunk, weil jeder, der davon kostete, die Augen verdrehte und umfiel wie ein Toter, und ihn nichts in der Welt aufwecken konnte, drei ganze Tage lang.

Darum wehrte sich das Mädchen und kreischte, doch sie hielten ihm den Schwarzen Trunk an die Lippen und zwangen es, ihn zu trinken, und ihre Haare hingen von ihr herab, und ihre Arme baumelten, und sie fiel um wie eine Tote. Da lachten alle Männer bei ihrem Anblick, und die Kleine Harfe zog sein scharfes Messer heraus und sagte: »Jetzt werde ich ihren kleinen Finger abschneiden, denn er kränkt mich«, und er schnitt ihren Ringfinger ab, und er sprang in die Luft und rollte über die Dielen in Rosamonds Schoß. Doch obgleich sie glaubte, vor Furcht zu vergehen, blieb Rosamond, wo sie war, mucksmäuschenstill, und keiner der Männer sah, wohin der Finger verschwand oder suchte nach ihm, denn es steckte kein Ring daran.

»Und nun will ich ihr das Ende ihres Lebens beibringen, denn das kannte sie noch nicht, als sie herkam«, sagte Kleine Harfe, und er warf das Mädchen quer über den langen Tisch, zwischen die Platten und Teller, wo noch immer die Reste aller Mahlzeiten lagen und in denen noch die Messer und Gabeln staken, und warf sich über sie vor aller Augen. »Jetzt hast du sie getötet«, sagten die Räuber, und es war die Wahrheit: Sie war tot.

Doch just in diesem Augenblick hörte man das Geräusch von Pferdehufen, und dann einen fürchterlichen Schrei an der Tür, und Jamie Lockhart kam herein.

»Was hat er getan?« fragte er und deutete auf die Kleine Harfe, wie er dastand und sich vor allen brüstete.

»Ich habe deine Braut getötet, und das ist der erste Lohn«, sagte die Kleine Harfe und hielt sein scharfes Messer in die Höhe. »Und als nächstes werde ich deinen Namen aussprechen und ihn dreimal verfluchen.«

»Nein, das wirst du nicht!« rief Jamie Lockhart, sprang zum zweiten Mal auf die Kleine Harfe los, und mit seinen beiden Händen raubte er ihm für eine Weile den Atem.

»Schafft ihn fort«, befahl er den anderen, »denn ich will nicht mit ihm unter einem Dach schlafen. Rollt ihn den Berg hinunter und laßt ihn liegen, obwohl er, wenn die Wölfe ihn verschmähen, morgen wieder bei mir sein wird.« Also trugen die anderen Räuber die Kleine Harfe hinaus und warfen ihn über das Gebüsch, denn Jamie wollte trotz allem kein Ende mit ihm machen: etwas hinderte ihn noch immer daran, sich diese Genugtuung zu verschaffen.

»Oh, was hat er getan?« rief Jamie, und er lief zu dem toten Mädchen, das ausgestreckt auf dem Tisch lag, doch als er dessen Haar hochhob, war es schwarz, und er wußte, daß es das falsche Mädchen war. Da brachte er kein Sterbenswörtchen heraus, sondern sank auf sein Bett.

Da kam Rosamond hinter dem Faß hervor, ging zu ihm und stieß ihn an, wie er dalag, und sagte ihm, sie sei zurückgekehrt, um an seiner Seite zu liegen.

Doch als sie erwachte aus ihrem ersten Schlaf, sah sie ihn an, wie er träumend da lag, sein Gesicht dunkel gefleckt vom Saft der Beeren, und ein quälendes Verlangen wie nie zuvor tobte in ihr, seinen Namen zu erfahren und sein wahres Gesicht zu sehen. Denn die Einkehr von Tod und Verderben hatten sie nur beherzt gemacht, und was er ihr auch gesagt hatte, sie konnte nicht mehr warten zu erfahren, wer ihr Liebster in Wirklichkeit war.

Da stand sie auf und schlich fort und bereitete die Tinktur, welche die Flecken abwischen würden. Dann schlich sie zurück und hatte etwas davon auf einem Fetzen Stoff. Sie nahm Jamies Kopf in ihren Schoß, während er immer noch schlief und träumte, und hielt die brennende Kerze hoch, um Licht zu haben, und ging an ihr Werk. Und siehe da, das Mittel wirkte.

Jamie Lockhart schlug die Augen auf und blickte sie an. Die Kerze warf einen langen Strahl, der zwischen ihren Gesichtern hin durchwanderte.

»Du bist Jamie Lockhart!« sagte sie.

»Und du bist Clement Musgroves törichte Tochter!« sagte er.

Und er erhob sich von seinem Bett.

»Lebewohl«, sagte er. »Denn du hast mir nicht vertraut, und du liebtest mich nicht, denn du wolltest nur wissen, wer ich bin. Jetzt kann ich in diesem Haus mit dir nicht mehr bleiben.«

Und er ging schnurstracks zum Fenster und kletterte hindurch nach draußen, und im nächsten Augenblick war er verschwunden.

Da versuchte Rosamond ihm zu folgen und kletterte hinaus und ihm nach, doch sie fiel in den Staub.

Und im selben Augenblick spürte sie in ihrem Inneren das Rühren, das sie mit einer weiteren Neuigkeit überraschte,

Und zu guter Letzt zog eine Wolke über den Mond, und überall war's finstere Nacht.

5

Am nächsten Morgen, als Rosamond wieder zur Besinnung kam, lag sie noch immer dort, wo sie hingefallen war. Das ärgerte sie schon genug; doch dann blickte aus ihrem eigenen Schlafzimmerfenster ein Kopf zu ihr hinunter. Es war Böckchen.

»Wer bist du?« fragte sie.

»Böckchen«, sagte er.

»Warum bist du hier?«

»Ich arbeite hier«, sagte Böckchen, »und wenn du mir das kleine Medaillon gibst, das du um den Hals trägst, verrat ich dir ein paar Neuigkeiten.«

»Dieses Medaillon ist alles, was mir geblieben ist in dieser Welt«, sagte das arme Mädchen. »Und ich weiß schon alles und kann nichts Neues mehr erfahren.«

»Sei doch nicht so traurig«, sagte Böckchen. »Ich werde dir ein Lied vorsingen.« Da schenkte er ihr ein Lächeln, in dem seine Zähne sich ausnahmen wie einige wenige Sterne an einem bewölkten Abendhimmel, und er sang das Lied, das er sie hatte singen hören:

»Der Mond schien hell, und klar war sein Licht.
›Willkommen‹, sagt sie, ›mein Liebster, mein Stern!
Ich hab dich geliebt wohl sieben Jahr, und unser
Schicksal war, daß wir immer uns fern.‹

In beide Arme nahm er sie dann,
Und küßt sie auf Wangen und Mund,
Und hat wohl die Maid noch öfter geküßt,
Bevor ihnen schlug die Abschiedsstund.«

Doch dann mußte er aufhören, weil sonst seine Kleider von ihren Tränen feucht geworden wären.

»Das ist keine Neuigkeit«, sagte Rosamond, »denn das ist eine alte Geschichte. Ich werde dir gewiß nichts dafür zahlen, daß du das Lied gesungen hast.«

»Dann hab ich's umsonst getan«, sagte Böckchen, »und es ist mir gleich. Und zum selben Preis verrate ich dir nun die wirkliche Neuigkeit, die letzte Neuigkeit, nichts als die Wahrheit! Bloß, daß sie nicht gereimt ist.«

»Sie wird für mich dadurch nicht besser sein«, sagte Rosamond.

»Erstens: dein Gatte ist Jamie Lockhart, der Räuber aus den Wäldern!« rief Böckchen. »Zweitens: in der Nacht wurde in Jamie Lockharts Haus ein schändlicher Mord verübt! Drittens: der erste, der Jamie Lockharts Kopf herbeischafft, wird hundert Goldstücke bekommen, und die übrigen werden leer ausgehen! Viertens: alle Welt hier wird nach Jamie Lockhart Ausschau halten! Fünftens: er sprang aus dem Fenster und ließ dich allein. Und sechstens: es ist alles genauso gekommen, wie sie es vorhergesagt hat, und ich werde ein Ferkelchen bekommen.«

»Wer hat alles genau vorhergesagt?« fragte Rosamond, denn was er zum Schluß gesagt hatte, überraschte sie doch.

»Na, wer schon? Deine Stiefmutter natürlich«, sagte Böckchen, und er tanzte eine Gigue, ›Wie wohl ist mir am Bach‹. »Alles hat bis aufs kleinste Tüpfelchen den Lauf genommen, wie sie's ausgerechnet hat.«

»Also arbeitest du für sie!« sagte Rosamond. »Wo hast du die ganze Nacht gesteckt?«

»Ach, unter deinem Bett«, sagte Böckchen. »Und nie hast du dort nachgeschaut. Danach war ich beim Fenster, und ich sah dich sein Gesicht säubern, und ich beobachtete, wie du ihm nach aus dem Fenster fielst, als er dir Lebewohl sagte. Und seitdem habe ich immer auf der Lauer gelegen, doch ich glaube nicht, daß er zurückkommen wird, denn wer aus dem Fenster springt, kommt selten auf demselben Weg zurück.«

»Laß mich allein!« rief Rosamond. »Und laß mich weinen.«

Also wollte Böckchen gehen, doch in diesem Augenblick sagte eine Stimme »Laß mich raus!« Und da stand die Truhe, welche die Kleine Harfe zurückgelassen hatte, denn die Räuber hatten vergessen, sie ihm nachzuwerfen.

»Was hast du gesagt?« fragte Böckchen und beugte sich vor, um sein Ohr auf den Deckel zu legen. »Wiederhol's, bitte, denn ich höre ein bißchen schwer, wenn ich mich durch eine Truhe hindurch unterhalten soll.«

»Laß mich raus!« sagte die Stimme ein wenig lauter.

Also hob Böckchen den Deckel hoch. Und da hockte der Kopf der Großen Harfe, dem Bruder der Kleinen Harfe, ganz bedeckt mit fahlem bläulichem Schlamm, so als wäre er gerade in Rodney vom Pfahl gefallen.

»Willst du sehen, was da gesprochen hat?« rief Böckchen und zog den Kopf an den Haaren heraus, hielt ihn am ausgestreckten Arm in die Höhe, so daß er sich in der Runde drehte wie ein Vogelkäfig an einem Strick, und er bewunderte ihn von allen Seiten.

Nach einem einzigen Blick sank die arme Rosamond abermals ohnmächtig ins Gras, und Böckchen rannte davon und ließ sie liegen, wo sie lag.

Er stülpte den Kopf auf seinen eigenen, hüpfte den Berg hinunter und begann seine Beine in die Luft zu werfen, nach links und nach rechts, und zu schreien: »Jamie Lockhart ist der Räuber aus den Wäldern! Und der Räuber aus den Wäldern ist Jamie Lockhart!«

Aber es dauerte überhaupt nicht lange, und in der Runde begannen die Trommeln zu ertönen, im Norden und Süden, im Osten und Westen, bis selbst die Blätter der Bäume bei ihrem Schall zu plappern begannen. Überall teilten sich behutsam die Zweige, und eine Vielzahl von Gesichtern lugte zwischen ihnen hervor.

Clement hörte Böckchens Ruf aus dem tiefen Wald herüberschallen: »Jamie Lockhart ist der Räuber aus den

Wäldern! Und der Räuber aus den Wäldern ist Jamie Lockhart!«

»Jetzt muß eine Entscheidung getroffen werden«, sagte er. Er ging hinaus in den Wald, stellte die Steine in einem kleinen Kreis um sich und ließ sich sorglos in dem Kiefernhain nieder.

»Was bedeutet dies alles tatsächlich?« sagte er, denn auch er sorgte sich um die wahre Natur eines Mannes und mußte sprechen, wenn auch nur zu den Steinen. »Was bedeuten Ort und Zeit? Hier sind alle denkbaren Bäume im Wald, und sie wachsen in die Höhe und in die Breite und stehen so dicht beieinander, wie sie in der Welt nur wachsen können. Auf jedem Zweig sitzt ein singender Vogel, und über diesen Grund, langsam und leise, bewegt sich immer der Schattenriß eines wilden Tiers, eines aus einer langen Reihe, das schwer an seinem glühenden Fell trägt und aus dem gelben Auge blickt, das in seinem Kopf sitzt.« Er verweilte und schaute den Fleck, auf dem er war, so lange an, bis er ihm zutiefst vertraut war und er sogar die wechselnden Jahreszeiten sehen konnte, die über ihn zogen wie vier Wolken: Frühling; und die einzelnen und klar voneinander geschiedenen Blätter, die emporsteigen bis zum Scheitel des Himmels, die schwarzen Flammen der Zedern, die jungen Bäume, leuchtend wie die Laternen, die Magnolien, sanft entzündet; Sommer, und die Weinreben, niederfallend über die dunkelsten Grotten, rot und grün, verfärbend sich dann zum Purpur der Trauben, und der Herbst, niedergleitend als goldener Vorhang; dann, in der Nacktheit des Winterwaldes, der Büffel in seinem tiefen Geläuf, mit dem Huf das Eis zerstampfend, bis das Stirnhaar in die Quelle fällt, und das Reh, das ihm folgt zu den salzigen Flecken, um seinen zarten Kopf hineinzutauchen. Und auf diese Weise geschah es, daß die Jahre vergingen.

»Doch die Zeit der Arglist ist angebrochen«, sagte Clement, »und meine Zeit ist vorüber, denn Arglist entstammt einer Welt, an der ich nicht teilhaben will. Zwei lange Kräuselwellen folgen den näherkommenden schläfrigen Augen des Alligators den Mississippi hinab. Und wie ein Rudel scheuester Rehe stellt sich eine Indianermeute längs des Steilufers zum Schein in Positur, um uns anzulocken. Männer folgen Männern den Mississippi hinab, rauh und hochfahrend bei Tage, wachsam und traumlos bei Nacht, an den unbekannten Landeplätzen. Ein Pfad führt wie ein Tunnel unter dem Dach dieser Wildnis entlang. Überall sind die Fallen aufgestellt. Warum? Und was für eine Zeit ist dies, da alles zuerst geschenkt und dann gestohlen wird?

Zorn und Liebe brennen nur wie die Lagerfeuer. Und selbst das Erscheinen eines Helden ist nicht mehr ein einzigartiges, ein herrliches Ereignis wie das eines Sterns am Firmament, sondern nur ein flüchtiges Feuer, das rasch erlischt. Eine Reise ist immer einsam, und nebenher läuft der Tod, doch durch die Bäume belauern die zwei einander, der Reisende und der Bandit. Wie Irrlichter züngeln die kleinen Flammen die ganze Nacht auf den Flößen, unstet nahe am Ufer. Und wo sind sie am Morgen, so kurz danach schon, geblieben? Ein Gemetzel ist von anderen

Ritualen schwer zu unterscheiden, in der großen Stille, in welcher der Wanderer daherkommt. Mord ist so leise wie sprudelndes Blut, so gewohnt und regelmägig wiederkehrend wie der Schlaf Viele finden einen Totenschädel und ein Häufchen Knochen zwischen zwei Schichten von Blättern. Im Himmel dreht sich das Rad der Bussarde. Ein Kreis von Räubern zählt das Gold, mit gekrümmten Rücken besteigen mehr Sklaven den Richtblock und gehen zugrunde, ein Pflanzer schwingt seine Reitpeitsche mit der Geste des Überflusses, ein Flachbootmann stürzt aus der Tür der Schenke nach unten in den Fluß, kaum daß man ein Aufspritzen hört, ein Seil fällt von einem Baum herab und formt sich zu einer Schlinge. Und wieder sind überall ringsum die Indianer.

Doch in dieser Wildnis kann niemand so grausam lachen oder weinen, daß der nächste Reisende es hörte oder daß man sich im folgenden Jahr daran erinnerte. Der Klang einer Fiedel, die in einer gerade errichteten Hütte auf einer Lichtung gestrichen wird, ist so unstet wie der Sumpfwind. Was wird mit den Jahreszeiten sein, wenn wir verschollen sind und tot? Die schreckliche Hitze und Kälte – nicht mehr als die Sternschnuppe.«

Und während Clement lange so mit sich selbst sprach von den letzten Tagen des Zeitalters, kamen die Indianer näher und fanden ihn. Eine rote Hand zerrte ihn auf die Füße. Er blickte in große, irdische Augen.

»Jetzt wird abgerechnet, denn der Jüngste Tag ist da«, sagte Salome. »Jetzt gibt es Strafen und Belohnungen!« Und sie ging in die Wälder hinaus, um nach Jamie Lockhart zu suchen und sich seinen Kopf zu holen, weil dies etwas war, das sie ihr ganzes Leben lang hatte tun wollen. So ließ sie ihre Klaue ihr scharfes Auge beschatten, doch war ihr Auge möglicherweise, vom vielen Ausschauen nach goldenem Geglitzer, zu strahlend geworden, um die Dunkelheit wahrnehmen zu können, die sie nun dicht umschloß, und während sie den Himmel absuchte, wurde das Gebüsch neben ihr lebendig und zog sie auf die Erde.

»Ich muß nichts weiter tun, als ihm den Kopf abschneiden«, sagte die Kleine Harfe. »Dann kann ich seinen Platz einnehmen. Aufstieg ist nichts anderes als ein Austausch von Köpfen. Ich könnte der König der Räuber sein! Oh, um seinen Kopf vorn zu haben, muß man bloß einen andern abschneiden!« sagte die Kleine Harfe. Und er blickte sich nach jemandem um, dem er das erzählen konnte; doch das Gesicht, das ihn von hinten anblickte, war rothäutig und von Federn umgeben und zeigte eine furchterregende Miene. So kam es, daß die Kleine Harfe in der Haltung eines Kopfjägers überwältigt wurde, ein Knie vorgestellt und einen Arm hochgereckt, die Hand um sein scharfes Messer gekrampft. Rote Arme umschlangen ihn wie ein weiches Netz, hielten ihn fest in seiner Gebärde, und fort ging's mit ihm.

Rosamond, die auf einen Dorn gefallen war, spürte schließlich seinen Stich. Sie erwachte aus ihrer Ohnmacht und setzte sich auf.

»Wo mag ich sein?« sagte sie, und als sie zurückblickte und das Haus der Räuber am Ende der Reihe von Zedern sah, konnte ihre Erinnerung nicht alles zugleich zusammenfügen, sondern wanderte langsam den Weg hinauf, nahm diese und jene kleine Einzelheit in ihr Bild auf, bis sie schließlich an der Vordertür zu sich selber fand, und dann war Rosamond wieder alles gegenwärtig, was sich zugetragen hatte. Da begann sie zu weinen.

»Mein Gatte war ein Räuber und kein Bräutigam«, sagte sie. »Er brachte mir seine Liebe unter einer Maske und hielt die ganze Wahrheit vor mir verborgen, und niemals nannte er etwas bei seinem wahren Namen, nicht einmal sich selbst oder mich, und er zog es vor, sich zu rauben, was ich ihm gern geschenkt hätte. Wenn ich auch kein Vertrauen hatte, so fehlte es ihm an Feingefühl, als er einer Frau die Freiheit raubte, ihr Liebe zu schenken.«

Das Weinen verschaffte ihr Erleichterung, also weinte sie weiter. »Nun bin ich verlassen«, sagte sie. »Ich bin aus meiner Seligkeit verstoßen worden, sogar das Haus hat mich durch das Fenster hinausgeworfen. Oh«, sagte sie und sprang auf die Füße, »wenn ich meinen Gemahl doch nur finden könnte, dann würde ich ihm sagen, daß er mir das Herz gebrochen hat.«

Mit ausgebreiteten Armen lief sie geradewegs in die Wälder, doch bevor sie weit gekommen war, tauchte plötzlich ein indianischer Wilder in der Maske eines gefleckten Leoparden vor ihr auf. Da fiel Rosamond zum dritten Mal ohnmächtig nieder, und der Indianer trug sie fort.

Was Jamie anging, er hatte sich ausgerechnet diese Zeit ausgesucht, um sich auszuschlafen, denn er war der Ansicht, daß er in der vergangenen Nacht um die Hälfte seines Schlafes gebracht worden war. Da lag er auf der Erde unter einem Pflaumenbaum und entschlummerte mit einem Lächeln auf dem Gesicht, während die Pfade des arglosen Clement und der habgierigen Salome und der verrückten Kleinen Harfe und der vorwurfsvollen Rosamond alle wie die Speichen des Rades auf diesen träumenden Mittelpunkt zuliefen. Hätten die Indianer ihnen nicht Einhalt geboten, wäre dreimal oder viermal versucht worden, ihn zu töten, und er wäre viermal angeklagt und es wäre ihm einmal verziehen worden, bevor er erwachte. Doch während er noch immer schlief, fanden ihn zuerst die Indianer. Hoben ihn, vom Schlafe schwer wie ein Kind, auf eines der kleinen asiatischen Pferde, die sie ritten, und banden ihn mit ihren schneidenden Seilen.

Darauf, um den Leichnam des Mädchens zu vernichten, das vergiftet worden war, legten die Indianer Feuer an das Räuberhaus, und es ging in fünf züngelnden roten Flammen auf. Der Rabe flog hinaus über die Baumwipfel und wurde nie wieder gesehen, und der Wald war erfüllt vom Klagen der Hunde.

So endeten die Wege aller in dem Indianerlager. Einen nach dem anderen hatten die Indianer sie alle gefangen. Alle, das heißt ausgenommen Böckchen, der, nachdem er den Kopf von Große Harfe auf die Welt losgelassen hatte, nicht genug davon bekommen konnte, damit durch die Wälder zu rennen und zu rufen: »Her mit seinem Kopf! Her mit seinem Kopf! Auf seinem Kopf steht ein Preis!« Auf diese Weise entkam er, denn die Indianer gingen ihrer Rache auf verschlungenen und geheimen Wegen nach, und mit seinem Geschrei schlüpfte er geradewegs durch ihr kunstvolles Netz.

Dies nun war ein kleines Lager in einer weiten Mulde, ausgewaschen vom Fluß, wo früher ein Strudel schäumte, genannt Des Teufels Punchglas. Die Strahlen der Sonne mußten schräg niederfallen und die Hunde der Indianer immer im Kreis laufen. Dort tanzten alle jungen Indianer bei Sonnenuntergang, und die alten Indianer saßen dabei, zusammengekauert wie Frauen, die welken Knie bis zu den Ohren hochgezogen. Die zartknochigen Ponies weideten auf dem braunen Gras, das ihre Zähne mit einem raspelnden Geräusch abrissen. Die gelben Feuer brannten an vorgeschriebenen Plätzen, und aus der Rauchwolke, die in der Gestalt einer flügelschlagenden Krähe über der Hütte des Häuptlings hing, strömte der Geruch der Toten in die Runde, denn die verehrten Vorfahren des Stammes waren drinnen auf ihren Hängematten ausgestreckt, vom Herbstwind sanft gewiegt.

An diesem Abend waren die Indianer von ihrem langen

Tagwerk der Rache alle sehr müde, fielen in ihre Hängematten und gingen mit der Sonne schlafen. Nachdem sie sich zuvor davon überzeugt hatten, daß alle Gefangenen gefesselt waren und sich in den Hütten befanden, verschoben sie deren Bestrafung auf den nächsten Tag, denn Schlaf erschien ihnen im Augenblick verlockender als Rache.

So lief und hüpfte denn zur Zeit, als der Mond stieg, Böckchen um die Hütten herum, wo die Gefangenen in ihren Fesseln lagen, und machte dabei nicht mehr Lärm als ein Mückenschwarm.

»Da liegen sie nun, diese großen und starken Maulhelden, gut verschnürt«, sagte er, »und ich bin frei.«

Also warf er einen Blick in die erste Hütte und dann in die zweite.

Die arme Rosamond, einer Ohnmacht nahe und sehr hungrig, erwartete ihren Tod. Da sie inzwischen glaubte, ihren Gatten nie wiederzusehen, gedachte sie voll Innigkeit jenes alten Lebens, und sie mochte sogar die Verkleidung, die er getragen hatte.

»Nun weiß ich zwar, daß sein Name Jamie Lockhart ist, doch was hat diese Neuigkeit mir eingetragen?« fragte sie, und sie brauchte bloß auf die Seile niederzublicken, die sie fesselten, um zu erkennen, daß Namen nichts bedeuteten und keine Knoten lösten.

Böckchen, der vorbeikam und sie weinen hörte, erkannte sie sogleich an diesen Laufen, zwängte seinen Kopf durch den Türspalt und sagte: »Guten Abend, warum weinst du?«

»Ach, ich habe meinen Gatten verloren, und er hat mich verloren, und wir sind beide gefesselt, damit man uns am Morgen umbringen kann«, schluchzte sie.

»Dann weine weiter«, sagte Böckchen, »denn ich erwarte nicht, einen besseren Grund zu hören.«

»Vielleicht ist er schon tot«, sagte Rosamond. »Denn ich kann nicht glauben, daß er, wenn er lebte, nicht kommen und mich holen würde, ob er nun gefesselt ist oder nicht.« »Falls er jetzt nicht tot ist, dann ist er doch so gut wie tot«, sagte Böckchen. »Gibt es etwas, das ich an seiner Stelle für dich tun könnte?«

»Befreie mich!« bat Rosamond.

»Nun ja«, erwiderte Böckchen, »was gibst du mir dafür?«

»Alles, was du willst«, sagte Rosamond. »Willst du mein Medaillon haben?«

»Nein«, sagte Böckchen. »Ich will nicht immer ein Medaillon.«

»Was willst du dann?«

»Erlaubst du mir, mitzukommen und mit dir im Räuberhaus zu wohnen, wenn Jamie Lockhart und alle Räuber tot sind?«

»Ja«, sagte Rosamond, »ich will es tun.«

»Und wirst du mir Fleisch braten und es mir am selben Tisch vorsetzen, an dem sie saßen?«

»Ja«, sagte Rosamond. »Doch jetzt laß mich raus ...«

»Und wirst du mich auch zum Schlafen in dein kleines Bett kommen lassen und meine Frau sein?« fragte Böckchen.

»Ja!« rief Rosamond, und es war ein Glück für sie, daß sie nicht erst hier lernen mußte zu lügen, sondern diese Kunst bereits beherrschte.

»Dann verlange ich kein Geld«, sagte Böckchen, und er schob seine kleine Hand durch den Türspalt und lüpfte den Riegel. Dann kam er herein und biß die Knoten entzwei.

»Warte auf mich im Räuberhaus«, flüsterte er. »Setze den Kessel aufs Feuer und decke das Bett auf.«

So kam Rosamond frei, und sie schlich fort zu den Wäldern.

Als nächstes ging Böckchen zu der Hütte, in der Salome gefangen gehalten wurde, und indem er seinen Kopf an den Spalt legte, sagte er: »Guten Abend, warum weinen Sie?«

»Ich weine nicht!« sagte Salome, und in der Tat gab sie sich weder dem Weinen noch irgend etwas Ähnlichem hin. »Verschwinde! Ich brauche niemanden!«

So ließ Böckchen sie denn gewähren.

Als er darauf an der Hütte vorbeikam, in der Jamie, die Kleine Harfe und die übrigen Räuber eingesperrt waren, blieb Böckchen stehen und lauschte und hörte mächtiges Streiten. Es waren Jamie und die Kleine Harfe, und die anderen Räuber lagen ausgestreckt da und schnarchten und schliefen, unbekümmert um deren Händel, denn sie waren ebenso müde wie die Indianer.

Doch in diesem Augenblick sagte die Kleine Harfe: »Still! Ich höre etwas draußen, genau vor der Tür.«

»Was hörst du?« fragte Jamie.

»Ich glaube, es ist ein Waldmurmeltier«, sagte die Kleine Harfe, »das Schlurfen in den Blättern verrät es mir.«

»Guten Abend«, sagte Böckchen durch den Spalt mit der Stimme eines Waldmurmeltieres. »Die Waldmurmeltiere sind gekommen, um den großen Kampf zu sehen.«

»Welchen großen Kampf?« fragte die Kleine Harfe. »Euren«, sagte Böckchen. Dann machte er einen kleinen Schritt, und die Kleine Harfe sagte: »Horch! Ich habe was laufen hören, und ich glaube, es ist ein Eichhörnchen.«

»Guten Abend«, sagte Böckchen durch den Spalt und ahmte die Stimme eines Eichhörnchens nach. »Die Eichhörnchen sind gekommen, um den großen Kampf zu sehen.«

»Welchen großen Kampf?« fragte die Kleine Harfe.

»Euren«, sagte Böckchen.

Dann grunzte er wie ein Eber und zischte wie eine Schlange, schniefte wie ein Fuchs und knarrte wie ein Bär, heulte wie eine Wildkatze und brüllte wie ein Löwe.

»Guten Abend«, sagte er mit Löwenstimme, »wir sind gekommen, um den großen Kampf zu sehen.«

»Der Herr helfe uns«, sagte die Kleine Harfe zu Jamie, »aber der Kampf muß ungeheuerlich werden! Ich habe nie gewußt, daß es hier sogar einen Löwen gibt!«

»Welcher Kampf?« fragte Jamie Lockhart, denn er hatte von alldem nichts gehört.

»Unsrer!« sagte die Kleine Harfe. »Leider sind wir gefesselt und können nicht damit anfangen.«

Genau in diesem Augenblick steckte Böckchen seinen Kopf in den Spalt.

»Guten Abend«, sagte er, »kann ich vielleicht etwas für euch tun?«

»Der kommt wie gerufen«, sagte die Kleine Harfe zu Jamie.

»Dieser Bursche arbeitet nämlich für mich, und wenn ich ihm genug bezahle, wird er den Riegel hochschieben, hereinkommen und uns losbinden, und wir können anfangen zu kämpfen.«

»Nun gut, je eher, desto besser«, sagte Jamie, »denn auch damit läßt sich vielleicht fertig werden.«

Also versprach die Kleine Harfe Böckchen die Hälfte der Belohnung, die auf Jamies Kopf ausgesetzt war, und ein Paar Kampftruthähne, und Böckchen kam herein und band ihn los.

»So weit, so gut«, sagte die Kleine Harfe. »Nun laß den Feind noch ein bißchen gefesselt, da ich mich ein wenig mit ihm zu beschäftigen wünsche, ohne den Ärger, den ich jüngst hatte.«

Darauf zog er ein Messer heraus, ging zu Jamie und schätzte dessen Kragenweite.

»Dies ist der Teil seines Körpers, auf den der Preis ausgesetzt ist«, bemerkte er zu Böckchen, »ich denke also, ich werde mich mit dem Kopf begnügen und das übrige fahren lassen, denn das ist alles, was wir brauchen.« Und er machte Anstalten, Jamie auf der Stelle den Kopf abzuschneiden.

»Warte! Oder wir werden einen Kopf zuviel haben«,

sagte Böckchen. »Genau in diesem Augenblick befindet sich der Kopf aus deiner kleinen Truhe auf einem frisch zugespitzten Pfahl auf dem Marktplatz von Rodney, und alle Welt glaubt, es sei der Kopf von Jamie Lockhart, dem Räuber aus den Wäldern.«

»Die Große Harfe würde mich dafür umbringen, wenn er lebte«, sagte die Kleine Harfe. »Er bildete sich nämlich sehr viel auf seinen Namen ein, und nach jeder Räuberei, die wir zusammen begingen, blickte er über die Schulter zurück auf das, was er angerichtet hatte, und rief ›Wir sind die Harfen!‹, bevor wir in die Wälder liefen.«

»Gräm dich nicht deswegen«, sagte Böckchen, »schau dir lieber das Gold an, das ich bekommen habe. Sie fragten ›Wer tötete Jamie Lockhart und packte seinen Kopf so hübsch ein und brachte ihn her?‹, und ich sagte ›Ich‹. Und sie rückten mit dem Sack Gold heraus, bevor du ›Nebukadnezar‹ sagen konntest.« Und damit hielt er das Gold in die Höhe.

»Soweit, so gut«, sagte die Kleine Harfe. »Nun übergib mir das Geld.« Und er hob den Beutel mit Gold aus Böckchens Hand.

»Aber das ist mein Kopfgeld!« rief Böckchen.

»Und meines Bruders Kopf!« rief die Kleine Harfe.

»Aber ich bin Jamie Lockhart, der Räuber aus den Wäldern!« rief Jamie. »Das ist doch alles Wahnsinn!«

»Das läßt sich sogleich klären«, sagte die Kleine Harfe, setzte sich zwischen die beiden auf den Boden und legte seine große Hand an seinen winzigen Kopf. »Also, erstens – ich nehme meine gestrigen Worte zurück – voreilige, unbesonnene Worte. Und also sind Sie, Sir, mein lieber Fremder, *nicht* Jamie Lockhart, der Räuber aus den Wäldern. Und, zweitens, das ist nicht Ihr eigener Kopf, den Sie tragen, und, drittens, ich will ihn nicht, und, viertens, ich werde ihn nicht haben.«

»Aber ich bin Jamie Lockhart, der Räuber aus den Wäldern!« schrie Jamie. »Kein Mensch auf der Welt kann sagen, ich sei nicht der, der ich bin und was ich bin, und ich lebe!«

»Und ob man das kann!« sagte die Kleine Harfe. »Ich sage dir, daß es dich nicht gibt und niemals geben wird. Ich stehe hier und sage, Jamie Lockhart, der Räuber aus den Wäldern, ist tot, und sein Kopf reitet auf einem Steckenpferd auf dem Marktplatz von Rodney, und hier, warm in meiner Hand, ist das Geld, das sein Leben wert war.«

»Jetzt ist die Zeit gekommen, um zu kämpfen!« rief Jamie.

Bei diesen Worten zog ein zaghaftes, kleines Lächeln über das Gesicht der Kleinen Harfe, und er sagte: »Wichtiger ist, daß es niemals mehr eine Große Harfe geben wird, denn sein Kopf ist dahin, und nun herrscht die Kleine Harfe. Und zum Beweis dessen werde ich dich jetzt mit meinen eigenen zwei Händen töten.« Und, kaum gesagt, stürzte er sich voll Dreistigkeit auf Jamie. Doch Jamie sprang auf und zersprengte mit einem einzigen tiefen und kraftvollen Atemzug seine Fesseln und fing ihn mitten im Fluge auf.

Und dieses Mal war sich Jamie nicht unschlüssig darüber, was zu tun war, sondern er griff die Kleine Harfe mit allen Kräften an, die ihm zu Gebote standen, und das war notwendig.

Böckchen, der sah, daß der Kampf endlich begonnen hatte, rannte mit dem Kopf voran durch die Tür nach draußen und saß auf dem Dach der Hütte wie eine Eule. Im nächsten Augenblick kugelten die zwei Männer durch die Tür hinter ihm her, und sie rissen die Grasnarbe auf und fällten jeden Baum, unter dem sie kämpften, bis hier und dort ein Indianer erwachte und in seinem Bett erzitterte.

Sie kämpften die ganze Nacht hindurch, bis die Sonne heraufkam. Schließlich, als die Kleine Harfe gerade die Spitze seines Messers in Jamies Kehle bohren wollte und ein Tropfen Blut daran klebte, zog Jamie seinen eigenen kleinen Dolch und beendete den Kampf auf der Stelle.

Die Kleine Harfe, mit einer Wunde in seinem Herzen, stieß einen tiefen Seufzer aus, und eine Träne floß aus seinem Auge, denn er haßte es, sein Leben so erbärmlich aufzugeben wie das Reh in den Wäldern.

So ließ Jamie ihn tot auf der Erde zurück, band an seinen eigenen Gürtel die Belohnung, die auf sein Leben ausgesetzt war, und fing an, ein freier Mann zu sein.

Als die Indianer zusammenliefen und sich darum betrogen fanden, die beiden Räuberführer vor Gericht zu stellen – einer so gut wie tot, der andere in Freiheit –, kannte ihr Zorn keine Grenzen. Darum stürzten sie sich auf die übrigen Männer der Räuberbande, die Faulen, die noch an Ort und Stelle schnarchten, und nahmen ihnen, einem nach dem anderen, die Skalps.

Dann begannen die Trommeln zu schlagen und, um den Tod des indianischen Mädchens zu rächen, schickten sie nach dem schönen Mädchen, das sie gefangen hatten, daß es vor ihrer Runde erscheine.

Doch Salome, in ihrer Hütte, hörte, daß sie Rosamond holen wollten, und sie stieß einen lauten Schrei aus und sagte: »Nach welchem schönen Mädchen sucht ihr? Ich bin die Allerschönste!« Denn sie war sogar darauf neidisch, daß man nicht sie als Opfer ausersehen hatte.

»Was ist mit dem jungen Mädchen mit dem goldenen Haar?« fragten die Indianer.

»Es ist tot!« schrie Salome. Ihre Stimme schwoll zu einem gewaltigen Aufschrei. »Es ist tot! Ich sah es sterben!«

Da entrang sich Clement ein Aufstöhnen, der in der Hütte, wo er in Fesseln lag, ihren Schrei hörte. Denn wie für Rosamond war auch für ihn der Tag gekommen, an dem er ihr schließlich doch glaubte.

»Oh, weh!« sagten die Indianer betrübt und abermals betrogen. »Wie hat dieses schöne Mädchen seinen frühen Tod gefunden?«

»In die Nacht floh sie, rannte von der Hütte fort«, sagte Salome. »Und ein großer gefleckter Leopard kam und schleppte sie weg zwischen seinen Zähnen!«

Also gingen sie hin und sahen nach, und Rosamond war tatsächlich verschwunden, und es fand sich nicht die geringste Spur von ihr.

»Es muß also wirklich ein Leopard gewesen sein«, sagten sie.

»Nun, wollt ihr mich erwählen?« fragte Salome.

So brachten die Indianer sie nach draußen und stellten sie in ihren Kreis.

Doch bevor sie auch nur ein Wort zu ihr sagen konnten, öffnete Salome ihren Mund und hielt ihnen eine schreckliche, schrille Standpauke, so daß sie sich die Finger in ihre Ohren stopfen mußten. Sie erzählte ihnen alles, was sie wußte.

»Es ist der Befehl unseres Häuptlings«, sagten sie, »daß du still sein sollst.«

»Ich will nicht still sein!« schrie sie und fuhr fort, ihnen alles zu erzählen.

»Es ist der Befehl der Sonne«, sagten sie, »daß du still sein sollst.«

Doch obgleich sie ihr auf den Leib rückten, legten sie nicht Hand an sie, denn sie kam ihnen gefährlich vor. »Niemand wird Macht über mich haben!« schrie Salome und schüttelte ihre Fäuste in der rauchigen Luft. »Kein Mensch und keines der Elemente! Ich bestimme selbst über mich auf dieser Welt!«

Da schauten sie sich gegenseitig an. Und Clement sah von seiner Hütte aus, wo er in Fesseln lag; die traurigen Gesichter der Indianer, die den Gesichtern fieberkranker Kinder glichen, und er sagte zu sich selbst: »Die Wilden sind bloß schneller an ihr Ende gelangt; auch wir werden an das unsre gelangen. Warum habe ich mein Haus gebaut und es vergrößert? Der Pflanzer folgt auf den Jäger und der Kaufmann auf den Pflanzer, alle haben sie ihre Zeit.«

»Die Sonne wird dich strafen«, sagte der Häuptling zu Salome. »Die Sonne erheischt Anbetung.«

»Die Sonne kann mich nicht bestrafen!« rief Salome. »Strafe ist immer der Beweis. Ja, ich könnte die Sonne bestrafen, wenn ich es wollte! Denn ich habe eure Sonne gesehen und einen Schatten, der sie verschlang, und ich kenne sie im Winter, wenn sie ein schwächliches Ding ist, wie alles andere Leben auch!«

»Sie hat das Antlitz der Sonne mit Schmutz beworfen«, sagten die Indianer, schlossen ihren Kreis enger um Salome, und ihre Hände hoben die Tomahawks, doch sie rührten sie nicht an.

Salome lachte nur um so mehr. »Ich kann eure Sonne bestrafen, wenn ich es will!« schrie sie. »Ich werde der Sonne nun befehlen, stillzustehen, und sie wird stillstehen!« Und sie warf ihren Kopf zurück und rief. »Sonne! Bleib stehen, wo du bist!«

Da kam Wut auf die Gesichter aller Indianer und löschte die Müdigkeit aus, die darin lag, und der junge Sohn des Häuptlings sprang vorwärts in die Mitte des Kreises. Zum erstenmal hob sich seine Hand über die seines Vaters, und er gab einen Befehl, und seine Stimme war so kraftvoll wie die eines Büffels. »Du hast es gewagt, der Sonne zu befehlen!« rief er. »Und dafür mußt du tanzen.«

Dann warf auch sein Vater die Arme hoch, und alle anderen Indianer reckten ihre Arme, hoch wie die Äste von Bäumen, und drängten nach innen.

»Tanze!« riefen sie. »Wenn du es wagst, der Sonne zu befehlen, tanze!«

Also begann Salome zu tanzen, ob sie es nun wollte oder nicht, und der Indianerhäuptling sagte: »Falls du zu tanzen aufhörst, bevor die Sonne dir gehorcht und ebenfalls stillsteht, ist das dein Tod.«

Also tanzte Salome und rief: »Sonne, zieh dich zurück! Geh zurück, Sonne! Sonne, steh still!«

Doch die Sonne zog weiter ihre Bahn, wie sie es immer getan hatte, und der Indianerhäuptling sagte: »Jemand wie du kann sie nicht zwingen, denn sie wohnt über den Wolken in heiteren Gefilden. Sie ist die Wurzel unseres Stammes und die aller Dinge, und darum steht sie nicht still und wird nicht stillstehen, sondern auf immer und ewig ihre Bahn ziehen.«

Salome tanzte und tanzte. Hoch flogen ihre Arme, hopp, hopp rührten sich ihre knochigen Füße, hin und her bog sich ihr Kopf, wie ein Huhn, das vor dem Habicht flieht. Die Trommeln trieben sie um das Feuer, und sie tanzte, bis ihre Glieder rot zu glühen schienen. Einen nach dem anderen warf sie ihr Unterröcke von sich, bis sie am Ende nackt wie eine gerupfte Gans tanzte, und schneller und schneller, bis der Tanz ein wirres Taumeln wurde und sie nicht mehr tanzen konnte. Und noch immer zog die Sonne ihre Bahn, so stetig wie eh und je. Da blieb sie stehen, blau wie eine Distelblüte, und sie fiel vornüber und war mausetot.

»Welchem Mann«, sagte der Indianerhäuptling, »gehört der Körper dieser Frau?«

»Mir«, sagte Clement. »Mir gehört ihr Leichnam.«

»So nimm ihn und sei ein freier Mann«, sagte der Häuptling. Mitleid rann durch alle Furchen seines braunen Gesichtes.

So kam es, daß, zum zweiten Mal in seinem Leben, Clement nicht Gefangener der Indianer blieb oder von ihnen getötet wurde. Der Leichnam Salomes wurde auf ein knochiges Pony gebunden, und sie gaben Clement den Strick in die Hand, um es wegzuführen.

Während dieser ganzen Zeit nun hatte sich Jamie in einer Talrinne versteckt, auf den rechten Augenblick wartend, und hatte sich, Indianer niederstreckend, seinen Weg durch die Wälder zur Hinterseite der Hütten gebahnt. Dort war unversehens Böckchen neben ihm.

»Wohin gehst du?« fragte Böckchen. »Denn ich dachte, du wärst frei und über alle Berge.«

»Ich werde dahin gehen, wo meine Gattin gefangen ist, und ich werde sie holen und heimbringen, und wenn ich dabei mein Leben einbüße«, sagte Jamie. »Denn als ich fortging und sie zurückließ, hatte ich keine Ahnung, welche großen Dinge das nach sich ziehen würde.«

»Ach, doch jetzt kommst du zu spät«, sagte Böckchen. »Sie glaubt, du seist tot, und ist längst befreit und fort, und nun hat sie versprochen, einen anderen Mann zu heiraten. Weil sie nämlich begriff, daß du ein toter und ich ein lebendiger Mann bin, hat sie sich für mich entschieden.«

Als er das hörte, zog Jamie abermals seinen kleinen

Dolch hervor, doch dann zeigte er lachend seine Zähne. »Zu dumm«, sagte er, »daß sie dir nicht erzählt hat, daß sie jedes Stück Fleisch, das sie auf den Spieß steckt, anbrennen läßt, und daß sie keine gerade Naht nähen kann und daß sie nachts im Bett kalte Füße hat.«

»Das hat sie nicht erzählt!« rief Böckchen. »Es ist ein Jammer, daß bei einem Handel immer Schwindel dabei ist.«

»Sie ist eine ausgepichte Lügnerin«, sagte Jamie, »und die Liste ihrer Lügen ist so lang wie der Mississippi. Und ich behalte sie bloß, weil ich sie entführt habe und jetzt noch mit Sentimentalität an ihr hänge.«

»Trotzdem«, sagte Böckchen, »habe ich für meine Arbeit etwas verdient. Die Zunge hängt mir heraus von all meinen Plackereien.«

»Das stimmt«, sagte Jamie.

»Und es ist leider so, daß die beiden, die mich beschäftigt hatten, just verblichen sind und ich keine Arbeit mehr haben werde«, sagte Böckchen, »es sei denn, ich könnte etwas für mich auftun.«

»Das ist wahr«, sagte Jamie.

»Wenn man so etwas wie Geld als Entgelt kriegen könnte«, fuhr Böckchen fort, »wäre mir das fast noch lieber als Arbeit oder eine Frau.«

»Dann streck deine Hand aus«, sagte Jamie, und er legte den Beutel mit Gold hinein. »Das ist das Entgelt für das Leben eines Räubers, denn das Leben des Räubers ist damit abgetan, wenn ich auch sagen muß, daß es mehr wert war, denke ich.«

»Das ist gut und reichlich«, sagte Böckchen. »Und du mußt wissen, daß ich es dazu benutzen werde, mir eine Weile Ruhe zu gönnen, dann eine schwarze Köchin anzuheuern, alle meine Schwestern zu verheiraten und meine Mutter rundherum reich zu machen.«

Darauf zog Jamie allein weiter und zu Fuß, denn sein Pferd war ihm weggenommen worden, und er hatte es noch nicht wiedergefunden. Er ging weiter und weiter, und schließlich kam er zu dem Weg zwischen den Zedern.

Doch als er den Platz erreichte, wo das Räuberhaus gestanden hatte, war dort nur noch ein Haufen schwelender Asche und eine hohe Rauchsäule, die darüber stand. Da suchte er und fand die kleinen Knochen in der Asche liegen, doch es waren die des Indianermädchens. Und da glaubte er, man habe ihm doch noch einen Streich gespielt, und Rosamond sei tot. Und er rannte ungestüm durch die Wälder.

6

Währenddessen hatte sich Rosamond hoffnungslos in den Wäldern verirrt und wanderte den Alten Natchez-Pfad entlang. Und jedem, dem sie begegnete, stellte sie die gleiche Frage: »Haben Sie Jamie Lockhart gesehen?« Und alle sagten sie: »Nein, wirklich nicht.«

Sie war erbärmlich zerlumpt und zerrissen und müde vom Schlafen in hohlen Bäumen und dem Wachbleiben in den Wäldern, so daß ihr eigener Vater sie nicht wiedererkannt hätte, der sie freilich für tot hielt, von einem Panther verschleppt und aufgefressen.

Da fand sie an einem dieser Tage einen Mann, der im Wald schlief und dessen Pferd sie in der Nähe hörte. Und als sie zu dem Mann kam, hatte er, obgleich er auf der Erde lag, eine solche Statur, daß sie sicher war, er sei kein anderer als Jamie Lockhart, der gerade ein Nickerchen machte. Also trat sie heran und stieß ihn an. Doch als er sich umdrehte, war er der Falsche.

»Sie wundern sich vielleicht, warum ich hier, am hellen Tag, ein Schläfchen mache«, sagte der Mann plötzlich, setzte sich auf und streifte sich die Strohhalme aus dem Haar. »Nun, was das angeht, kann ich Ihnen rasch Aufklärung geben.«

»Dann tun Sie's«, sagte Rosamond und setzte sich neben ihm nieder, denn sie war immer noch genauso neugierig wie früher, und sie dachte bei sich: »Wer weiß? Vielleicht hat er meinen Gatten gesehen, seit er sich in Luft aufgelöst hat.«

»Ich bin ein Postreiter, ein namenloser Postreiter«, sagte der große Mann, »und, zum Beweis, da drüben ist der Postsack, an den Sattel geschnürt und so sicher wie eine Kirche, denn jedermann macht mir den Weg frei, wenn ich vorbeikomme. Aber ich komme just von einem Abenteuer mit dem Großvater aller Alligatoren, der Ihnen vielleicht, als Sie vorbeikamen, begegnet ist, oder auch nicht.«

»Keine Spur von einem Alligator hab ich gesehen«, sagte Rosamond. »Jedoch ich sah einen ungeheuer großen Fisch aus dem See gucken, als ich vorüberging, der seine Zähne fletschte und mir nachpfiff.«

»Oh, aber der Alligator war schlimmer als der Fisch«, sagte der Postreiter. »Ich hab den Fisch gesehen. Also, da kam er, der Alligator, so bildhübsch, wie Sie nur wollen, zwischen den beiden Abhängen des Alten Natchez-Pfades dahergewalzt, und so etwas Langes wie ihn haben Sie noch nie aus dem Wasser kommen sehen, Schiffe eingeschlossen. Das erste, was er machte, als er mich kommen sah, war, daß er sein Maul aufsperrte, und ich ritt so schnell, so rasend schnell in Erfüllung meiner Pflicht, daß mir nichts anderes übrig blieb, als weiterzureiten, schnurstracks hinein in die Vordertür. Und er, er ließ den Riegel klicken und schob hinter mir den Bolzen vor.«

»Ziemlich viel Pech auf einmal«, sagte Rosamond.

»Und da drinnen waren bereits zwei andere Reisende«, sagte der Postreiter.

»Hatte einer von ihnen gelbe Haare?« fragte Rosamond, denn sie dachte, dies sei vielleicht der Ort, an dem Jamie Lockhart sich aufgehalten haben könnte, das Opfer dieses Mißgeschicks.

»Nein, dafür waren sie beide zu alt«, sagte der Postreiter. »Sie sagten kein Wort. Glücklicherweise hatte ich gerade kurz zuvor Verlangen nach ein paar Dattelpflaumen gehabt, und weil ich mich durchaus nicht lange damit aufhalten wollte, sie einzeln zu pflücken, streckte ich im Vorbeireiten meine Hand aus und riß den nächstbesten Dattelpflaumenbaum mitsamt den Wurzeln aus. Also nahm ich ihn mit und aß davon, während ich weiterritt. Und mit diesem Baum stemmte ich das Maul des alten Alligators auf«

»Waren die Dattelpflaumen schon reif?« fragte Rosamond.

»Halten Sie sich zurück, Madame«, sagte der Postreiter. »Denn dies alles habe ich erlebt und nicht Sie, und es ist meine Sache, ob die Dattelpflaumen reif waren oder nicht. Gleichviel, der alte Großvater sagte ›Ooooooo!‹ und schlug so entsetzlich mit dem Schwanz, daß seine hinteren Zähne wie Donner rollten, aber ich ließ nicht locker, einfach, weil er's nicht mochte. Zuerst sah ich mich bei Tageslicht einmal gründlich um, denn aus dieser Richtung sah ich das Maul eines Alligators zum ersten Mal. Zähne, sag ich Ihnen, Zähne, nichts als Zähne! Nie zuvor bin ich mit meinem Pferd an so vielen Zähnen vorbeigekommen. Jedoch als ich ›Hopp, hopp!‹ sagte und in die Zivilisation zurückkehren wollte, wissen Sie, was da geschah?«

»Hat er Sie runtergeschluckt?« fragte Rosamond.

»Aber nicht doch. Wie hätte er das anstellen sollen?« sagte der Postreiter. »Jedoch die Dattelpflaumen auf dem Dattelpflaumenbaum waren grün, und es war noch zu früh im Jahr, um das Maul eines Alligators mit dieser Art von Baum abzustützen. Und da hatte ich die Bescherung! Auf dieselbe Art, wie sie einem das Maul zusammenziehen, so hatten die Früchte den Rachen des Untiers wie eine Geldkatze zuklappen lassen, bevor ich weiter reiten konnte als von Ihnen zu mir. Folglich konnte ich nicht raus und saß in der Tinte.«

»Haben Sie Krach geschlagen?« fragte Rosamond. »Ich habe oft gedacht, das würde einen Alligator entmutigen, der gerade Leute verschlingt.«

»Lärm war in dieser Zwangslage nicht das geeignete Mittel«, sagte der Postreiter. »Es war noch das allerkleinste Loch, das Sie sich vorstellen können, übrig geblieben, durch das ich in die Welt hinausblicken konnte, und drinnen war es so finster, daß ich die Sterne bei Tage sah. Darum richtete ich mich nach dem Großen Bären, und mit Hilfe der beiden anderen Burschen drehte ich den Alligator einmal herum, von Osten nach Westen, so daß er voll in die glühende Sonne gucken mußte. Und die schien und schien und ließ die Dattelpflaumen auf der einen Seite reifen, während ich ein kleines Feuer anzündete und die Früchte auf der anderen Seite zur Reife brachte, obwohl ich dazu das letzte Papier der Post aufbrauchen mußte, denn die zwei anderen Burschen hatten kein Brennmaterial bei sich. Sobald nun die Dattelpflaumen reif waren, klappte der Rachen des Alligators auf, und ich gab meinem Pferd eins mit der Peitsche und verabschiedete mich. Und ich schätze, daß die andern zwei mir folgten, denn ich drehte mich nicht einmal um, mich davon zu überzeugen. Doch das Abenteuer hatte mich müde gemacht, und ich hatte mich gerade für einen Augenblick niedergelegt als Sie mich hier aufstöberten.«

»Es tut mir leid, Ihre Ruhe gestört zu haben«, sagte Rosamond. »Aber ich wollte Sie bloß etwas fragen. Haben Sie Jamie Lockhart gesehen?«

Als er das hörte, erbleichte der Postreiter und setzte sich noch bleicher wieder hin.

»Jamie Lockhart, den Geist?« sagte er.

»Gott im Himmel, ist er jetzt ein Geist?« rief Rosamond.

»Ich würde sagen, das ist er«, sagte der Reiter. »Und war er.«

»Aha, woher wissen Sie das?« rief Rosamond. »Erzählen Sie mir rasch, was geschehen ist.«

»Zuerst essen Sie mal einen Happen«, sagte der Reiter und zog ein kleines Tuch hervor, in das Fleisch und Brot eingewickelt waren. Und Rosamond, die nie hungriger gewesen war, nahm dankend an.

»Um mit dem Anfang zu beginnen«, sagte der Reiter. »Ich werde nicht sagen, wer ich bin. Denn das ist ein Geheimnis.«

»Von dieser Heimlichtuerei gibt es ein wenig zuviel auf dieser Welt, für meinen Geschmack«, sagte Rosamond. »Aber überspringen Sie den dunklen Punkt und kommen Sie zum Licht.«

»Wo war ich stehengeblieben?« sagte er.

»Sie sagten, Jamie Lockhart sei ein Geist!« rief Rosamond. »Woher wissen Sie das?«

»Das ist leicht zu beantworten«, sagte der Postreiter. »Ich weiß, daß er ein Geist ist, weil ich ihn selbst zu einem gemacht habe, mit eben diesen Händen, die Sie das Stück Brot halten sehen.« Dann seufzte er und sagte: »Aber das war in alten Zeiten, und ich möchte behaupten, daß Sie nicht glauben werden, was für ein Teufelskerl ich damals war.«

»Erzählen Sie mir die Geschichte ohne Umschweife«, sagte Rosamond, »und lassen Sie sich aus dem Spiel.«

»Oh, wir fochten einen entsetzlichen Kampf aus, Jamie Lockhart und ich«, sagte er. »Er dauerte drei Nächte hintereinander und als wir fertig waren, mußten sie die Dielen und das Dach wieder an die richtigen Stellen setzen, weil wir das Innere des Hauses nach außen gekehrt hatten. Dutzende und Aberdutzende von Seemöwen blieben auf der Strecke, die vom Fluß herbeigeflogen waren und in den Wirbelwind des Kampfes gerieten. Hunderte von

Leuten sahen zu und kriegten noch zusätzlich die Nasen aufgeschlitzt, weil sie uns zu dicht auf den Pelz rückten.«

»Es ist ein Wunder, daß Jamie Lockhart Sie nicht getötet hat«, sagte Rosamond.

»Wissen Sie auch den Grund?« sagte der Postreiter. »Weil ich ihm zuerst den Garaus machte. Ich schlug ihn zu Brei –es blieb nichts übrig, bis auf den Saft.«

»Ich kann kaum glauben, daß er sich das von Ihnen gefallen ließ«, sagte Rosamond.

»Gleich am Morgen darauf sah ich seinen Geist«, sagte der Postreiter, »er kam nämlich rein und wünschte mir einen guten Morgen, und nicht eine Schramme war an ihm.«

»Und haben Sie ihn seitdem gesehen?« fragte sie.

»Gestern, an eben diesem Fleck und zur selben Zeit«, sagte er. »Warum haben Sie nicht gleich gesagt, daß Sie Jamie Lockharts Geist suchen? Ich weiß nämlich Bescheid.«

»In welche Richtung ging er?« fragte Rosamond besorgt. »In dieselbe Richtung«, sagte er. »Ich ritt vorbei, und da war der Geist und saß auf einem Gatter. Ich erkannte diese Gestalt, ein hübscher, großer Mann mit genau diesen gelben Haaren und mit diesem Mantel, den er wie einen Umhang trug. Und ich roch den Schwefel, als er sagte:›Ein hübscher Abend für August.‹

Also sagte ich: ›Guten Abend, Geist von Jamie Lockhart.‹ Und als er lächelte, waren es dieselben Zähne. Ich fragte ihn, was er getrieben hätte, seit ich ihn zuletzt gesehen hätte.

›Hab auf einem Gatter gesessen‹, sagte er.

›Und bist du unglücklich oder suchst du etwas?‹ fragte ich, denn ich wußte, wie Geister sind.

›Ja‹, sagte er, ›ich suche mein rotes Pferd Orion. Hast du seinen Geist ohne seinen Reiter vorbeifliegen sehen?‹

Ich beeilte mich also, ihm zu erzählen, wo ich sein Pferd gesehen hatte, das tatsächlich an mir vorbeigekommen war, wie der Teufel selbst nach Süden fliegend, und der Geist sagte, es sei wahrscheinlich, daß es an der alten Gasthaustür am Anlegeplatz von Rodney warten würde, eben dort, wo wir miteinander gekämpft hatten und ich ihn getötet hatte. Also begleitete mich der Geist, bis wir nach Rodney kamen, und wir plauderten ganz vergnügt aber natürlich war kein Wort von dem wahr, was wir sagten. Trotzdem, es läßt sich nicht leugnen, daß das Pferd dort war und wie eine zahme Maus neben der Schenkentür wartete. Da sprang er auf seinen Rücken, erhob sich ganz einfach in die Luft und war auf und davon und sagte noch, er ginge nach New Orleans, um sich im Hafen ein Schiff zu suchen.«

»Oh, das muß ich verhindern«, sagte Rosamond. »Und Sie müssen mich heute mitnehmen und mich auf Ihrem Pferd mitreiten lassen. Ich habe nämlich eine Botschaft für Jamie Lockhart aus einer anderen Welt.«

»Ist's eine Botschaft aus der Vergangenheit für den alten Geist?« fragte der Postreiter.

»Nein, es ist eine aus der Zukunft«, sagte Rosamond. Und sie ließ die Katze aus dem Sack. »Haben Sie je zuvor von einem alten Geist gehört, der in der nächsten Woche Vater von Zwillingen wird?«

»Oh!« sagte er. »In diesen Gegenden werden die Geister von Tag zu Tag irdischer. Gleichwohl, Geist oder nicht Geist, ich wünschte nun, ich hätte ihm für seine Schurkerei die Nase eingebeult, wenn auch keine da war.«

Und er setzte Rosamond vor sich auf sein Pferd und griff zur Peitsche, und fort ritten sie den Pfad entlang.

Während sie so dahinzogen, stürzten aus einem Kiefernwäldchen ein paar Räuber auf sie los und befahlen ihnen stehenzubleiben, weil sie vorhätten, die Post zu rauben.

»Schert euch weiter!« rief der Postreiter. »Diese Dame wird in Kürze Mutter sein.«

Da lüfteten die Räuber vor Rosamond ihre schwarzen Hüte und ritten weiter den Natchez-Pfad hinauf

Am Ende seiner Tagesreise hob er sie vom Pferd, und Rosamond dankte ihm für seine Freundlichkeit.

»Und nun verraten Sie mir Ihren wirklichen Namen«, sagte sie, »denn ich muß wissen, wer es ist, dem ich für die Art und Weise zu danken habe, mit der Sie sich einer armen, verlassenen Frau angenommen haben, die nach ihrem Geist von einem Ehemann sucht.«

Bei dieser Bitte wurde der Postreiter über und über rot wie der Sonnenuntergang; doch schließlich sagte er: »Sagen Sie's niemandem, aber ich bin kein anderer als Mike Fink! Es wäre gräßlich, wenn bekannt werden würde, daß der größte aller Flachbootmänner zu einem Postreiter auf dem trockenen Land heruntergekommen ist. Das würde sich anhören, als sprächen Sie vom Weltuntergang! Vertrauen Sie's keiner Seele an, daß Sie mich so gesehen haben, und Sie selbst müssen diese Schande so bald wie möglich vergessen.«

»Wie, um Himmels willen, ist es dazu gekommen?« fragte Rosamond.

»Es waren Feinde«, sagte Mike Fink. »Männer, die neidisch auf mich waren. Eines Tages fanden sie heraus, daß ich, nach vielen Jahren des Heldentums, in einem Augenblick der Schwäche um drei kleine Beutel Gold und einen dressierten Vogel betrogen worden war, und also stießen sie mich aus. Alle gingen gleichzeitig auf mich los, und es dauerte eine Woche, aber sie jagten mich fort vom Fluß. Sie hielten mich für tot und ließen mich auf einer Sandbank in dem Bayou Pierre liegen. Und so kam ich zu diesem Beruf.«

»Weil ich Ihnen so dankbar bin, werde ich niemandem erzählen, wer Sie in Wirklichkeit sind«, versprach Rosamond. »Und ich wünsche Ihnen viel Glück und daß Sie vielleicht wieder den Platz einnehmen, der Ihnen gebührt.«

Tatsache ist freilich, daß Rosamond es jedem erzählte, dem sie begegnete, weil sie nicht fähig war, darüber Stillschweigen zu bewahren, doch nicht einer glaubte ihr, und folglich wurde kein Unheil angerichtet.

Mike Fink ritt seiner Wege und sagte: »Ich werde die ganze Nacht durch reiten müssen, um die Zeit aufzuholen, die ich durch meine menschenfreundliche Tat eingebüßt habe, und vermutlich werden die Räuber mir auflauern, die darauf warten, daß ich ohne mein Schutzschild zurückkomme, und mich deswegen ermorden.«

Aber er wurde nicht ermordet, und am Ende kehrte er auf den Fluß zurück, und sein Name erhielt seinen ursprünglichen Glanz zurück. Und es ist nur gut, daß er nie erfuhr, daß er geholfen hatte, einem lebenden und blühenden Jamie Lockhart seine Braut zurückzugeben, denn das hätte ihm das Herz entzweigebrochen.

So wanderte Rosamond weiter, und, indem sie einen Postreiter nach dem anderen überredete und so zu einem weißen Pony und einem zweiten schwarzen Pferd kam, gelangte sie glücklich nach New Orleans.

Kaum war sie in der großen Stadt angekommen, begab sie sich unverzüglich zum Hafen.

Der Gestank der zuckenden Fische auf dem großen, lärmenden Marktplatz raubte ihr beinahe die Besinnung, doch tapfer bahnte sie sich ihren Weg zum Hafengebiet, blickte jedem Mann, den sie traf, zweimal ins Gesicht, selbst wenn er ihren Blick dreimal erwiderte, und kam endlich an einen Ort, wo eine Menge von Gentlemen und Seeleuten an Bord eines großen, schwarzen Schiffes ging, das nach Sansibar bestimmt war. Und dort, wie konnte es anders sein, in der Mitte, und größer als alle anderen, wie ein Maisstengel im Baumwollfeld, war Jamie Lockhart und winkte zum Abschied ans Ufer.

»Jamie Lockhart!« schrie sie.

Da drehte er sich um, um zu sehen, wer es sei.

»Ich bin da und hab dich gefunden!« rief sie über alle Köpfe hinweg.

Da nahm er den Fuß vom Fallreep und kam herunter und brachte sie heim, nicht ohne mit ihr unterwegs bei einem Priester vorbeizuschauen und sie zu heiraten. Und es war in der Tat die allerhöchste Zeit.

So kam es, daß im Frühling Clement eine Reise von Rodneys Anlegeplatz nach New Orleans unternahm und dort umherging.

New Orleans war die wunderbarste Stadt in dem spanischen Land oder irgendwo sonst am Fluß. Schönheit und Laster und jedes erdenkliche Vergnügen für Seele und Leib standen gastlich und gewöhnlich einträchtig in jedem Torweg und unter jeder Fächerpalme bei Tag und im Fackelschein bei Nacht. Ein Fensterladen sprang auf, und eine Blume erblühte. Die Luft selbst war nichts als ätherisches Gewürz, Zuckerrohr waren alle Mauern, und golden wie Bananen schwebten die Wolken im Himmel.

Doch Clement Musgrove war ein Mann, der durch die Straßen von Bagdad hätte gehen können, ohne einen zweiten Blick auf den Fliegenden Teppich über seinem Kopf zu verschwenden oder die Tambourins der Engel im Paradies zu hören, ohne daß es in seinen Füßen zuckte, oder der, hätte er die Wahl zwischen den Früchten des Garten Eden gehabt, sich nicht hätte entscheiden können.

Denn er war ein Unwissender aus der Wildnis und ein Pflanzer von Rodneys Anlegeplatz, und dies war sein Vorteil.

So ging er denn, einen Beutel mit Geld in seiner Hand, zu den Kais, um abzureisen, und dort waren all die Schiffe mit ihren weißen Segeln und ihren wehenden Flaggen und die Seemöwen, die ihre Flügel grüßend senkten, wie viele strahlende Engel.

Und als er seinen Fuß auf das Fallreep setzte, zupfte ihn jemand am Ärmel, und da stand seine Tochter Rosamond, schöner denn je und gekleidet in ein prächtiges, kostbares weißes Gewand.

Und wie sie sich da in die Arme fielen, weil sie einander für tot und verschollen gehalten hatten!

»Vater!« sagte sie. »Schau, diese wunderbare Stadt ist nun meine Heimat, und ich bin wieder glücklich!«

Und bevor das Schiff ablegen konnte, erzählte sie ihm, daß Jamie Lockhart kein Räuber mehr sei, sondern ein Mann von Welt in New Orleans, von allen geachtet, die ihn kannten, genaugenommen ein reicher Kaufmann. Alle seine frühen Zügellosigkeiten habe er abgeworfen wie eine Haut, und niemand sei freundlicher zu ihr als er. Sie waren die Eltern von hübschen Zwillingen, und einer von ihnen hieß Clementine, und sie lebten in einem wunderschönen Haus aus Marmor und Zypressenholz am Ufer des Sees Pontchartrain, mit hundert Sklaven, und unternahmen oft Bootspartien mit anderen Kaufleuten und deren Gattinnen, und die Damen ruhten unter einem blauseidenen Baldachin; und manchmal fuhren sie hinaus auf den Ozean, um die Galeonen der Seeräuber zu betrachten. Sie hätten alles, was man sich in der Welt wünschen konnte, und nun, da sie ihren Vater noch unter den Lebenden gefunden hatte, sei ihr Glück vollkommen. Natürlich, sagte sie zum Schluß, vermisse sie zuweilen das Haus in den Wäldern und sogar das wilde Auf und Ab ihres alten Lebens, wenn er sie wegen ihrer Neugier zu schelten pflegte. Doch die Stadt sei prachtvoll, sagte sie; sie sei der rechte Platz zum Leben.

»Ist alles das wahr, Rosamond, oder ist es eine Lüge?« fragte Clement.

»Es ist die Wahrheit«, antwortete sie, und sie sahen das Schiff, während sie ihn ermahnte, auf sich achtzugeben, und es war alles wahr, mit Ausnahme des blauen Baldachins.

Da rannte der gelbhaarige Jamie herbei und ergriff seine Hand, und zum ersten Mal dankte er ihm für seine Tochter. Und was ihn betraf, der äußere Wandel vom Räuber zum Kaufmann hatte sich beinahe zu mühelos vollzogen, als daß man ihn überhaupt eine Veränderung hätte nennen können, und Jamie erfreute sich desselben Erfolges, den er immer gehabt hatte. Doch jetzt wußte er in seinem Herzen, daß er ein Held war und immer einer gewesen war, allein durch die Fähigkeit, in beide Richtungen zu blicken und eine Sache von allen Seiten zu betrachten.

Darauf machte Rosamond mit ihren eigenen Händen für ihren Vater ein kleines Eßpaket zurecht. Sie bat ihn, zu ihnen zu kommen und bei ihnen zu bleiben, doch er wollte nicht.

»Lebewohl«, sagten sie einander, als der Wind die Segel zur Heimreise bauschte. »Gott segne euch.«

Eudora Welty bei Klett-Cotta

Eine Stimme finden

Roman. Aus dem Englischen von Rüdiger Imhof

151 Seiten, gebunden, ISBN 3-608-95550-X

Zuhören – Sehen lernen – Eine Stimme finden: drei autobiographische Skizzen aus dem Jahre 1984, in denen Eudora Welty beschreibt, wo die Wurzeln ihrer Kunst liegen.

»Mehr als eine kurze Biographie – es ist eine Lektion über das Leben, wie wir es sehen sollten, wie es zur Kunst werden kann; keine Chronik, sondern ein Drama. Eudora Welty zeigt, daß wir alle der Literatur sehr nahe sind, wenn wir dies nur erkennen könnten.«

The New York Times

Die goldnen Äpfel

Roman. Aus dem Englischen von Tamara Willmann

293 Seiten, gebunden, ISBN 3-608-95366-3

Eudora Welty erzählt von einer Landschaft, die die Harschheit der Wildnis noch nicht völlig abgelegt hat; von einer Landschaft voll flirrenden Lichtes, weißen Windes, voller fremder Gerüche, und wo ein Wald noch ein Abenteuer verspricht. Impressionen dieser Landschaft des Mississippi-Deltas, der ferne Klang der Mythen und die fast zärtliche Annäherung an den Alltag einer kleinen Provinzstadt.

James Hamilton-Paterson
Seestücke
380 Seiten
btb 72157

Aus Freude am Lesen

James Hamilton-Paterson

Ein Meeresmosaik zum Staunen: Historie, Mythologie, Literatur, Zoologie und Exkurse über die Absurditäten internationaler Fischfangabkommen vereinen sich mit ganz persönlichen Erlebnissen des Autors zu einem Netz lebenspraller Geschichten. »Unbedingt lesens- und verschenkenswert. Kaum ein Buch hat uns das unergründliche Meer so nahegebracht.«
Rheinischer Merkur

Dava Sobel
Längengrad
240 Seiten
btb 72318

Aus Freude am Lesen

Dava Sobel

Dem unbekannten schottischen Uhrmacher John Harrison gelang im 18. Jahrhundert die Lösung des Längengrad-Problems. Trotz aller Intrigen - große Astronome wie Galileo, Newton und Halley suchten den Schlüssel zu dieser damals schwierigsten nautischen Frage in den Gestirnen - setzte sich seine geniale Erfindung durch. »Ein großer Wurf, den man in einem Rutsch verschlingt.« *Die Welt*